波多贝罗女巫

〔巴西〕保罗·柯艾略 著

闵雪飞 译

北京出版集团公司
北京十月文艺出版社

新经典文化股份有限公司
www.readinglife.com
出 品

桌上的这些证言，本该遵循那个我早已为它们决定好的命运。我原本想把这些证言变成一本传统意义上的书，经过一场劳心劳力的考证之后，把真实的故事呈献给读者。

我开始阅读一些传记，希望这对写作有帮助，但我后来弄懂了一件事：作者对于人物的观感会影响考证的结果。我的用意并非如实讲述我的想法，而是向读者展示主要人物是如何看待"波多贝罗女巫"这个故事的，因此，我最终放弃了写书的计划。我想我更应该如实记录下他们讲给我的一切。

赫伦·瑞恩，44岁，记者

没有人点亮一盏灯，然后把它放在门后——光明的用途是带给人更多的光明，让人们睁开双眼，向他们展示周遭的神奇。

没有人肯奉献他所拥有的最重要的东西，亦即爱情，而不计回报。

没有人会把自己的梦想放在那些会毁灭这一切的人的手里。

除了雅典娜。

她死后很久，她从前的导师央求我陪她去苏格兰的普雷斯顿潘。根据一部下月将被废除的封建法律，这个城市准备宽恕八十一个人——以及他们的猫——的罪过。他们是在十六世纪至十七世纪之间因施行巫术而被处决的。

普雷斯顿格兰治和多尔芬斯顿男爵的发言人说："大多数人的判决缺乏确凿的证据，仅仅以指控者的证词为依据，他们说感到有邪恶灵魂的存在。"

宗教裁判所的诉讼，那些刑室，那些燃烧着恨与复仇的火焰，已不值得人们追忆。不过，在途中，埃达说了好几次，她无法相信这种行为：那个城市和第十四代普雷斯顿格兰治和多尔芬斯顿男爵，居然"宽恕"了那些被粗暴处决的人。

"现在已经是二十一世纪了，而那些杀害了无辜者的真正罪犯的后裔，居然认为他们有权'宽恕'。赫伦，你明白的。"

我的确明白。一场针对女巫的围剿正在攻城略地；这一次，武器不再是烙铁，而是讽刺与迫害。一些人偶然发现了自己的特异能力，并敢于谈论它，结果却被投以怀疑的目光。丈夫、妻子、父亲、儿子，无论什么人，非但不能引以为傲，而且绝对不敢谈论，唯恐殃及自己的家庭。

遇到雅典娜之前，我觉得一切不过是一种利用了人类绝望的骗术而已。我去了特兰西瓦尼亚[①]，寻找吸血鬼的资料，不过是想证明人类是多么容易上当受骗；某些迷信长久存在于人类的想象之中，不管它们如何荒谬，最终被那些居心叵测的人所利用。我去参观德拉库拉城堡，这里刚刚修复，为的是给游客一种身处神秘之境的感受。一位政府官员找到了我。他暗示我说，如果影片在 BBC 播出，我将得到一份"大礼"。对于这位官员来说，我在帮忙宣传这神秘之地，理应得到丰厚的酬劳。有位导游说游客的数量逐年递增，只要提到这个地方，就具有积极意义。有人说这个城堡是假的，威拉德·德拉库拉[②]是历史人物，他与那个神秘传说简直风马牛不相及；又或者，这不过是一个爱尔兰人[③]的胡说八道，而他根本没来过这个地方。

---

① 位于罗马尼亚，因吸血鬼城堡德拉库拉闻名。——译注
② 瓦拉几亚大公，出生于特兰西瓦尼亚，本身与吸血鬼无关，爱尔兰作家布兰姆·斯托克构思其吸血鬼小说时，顺手将他的名字安在了吸血鬼身上，小说《德拉库拉》后来成了西方吸血鬼小说的开山之作。——译注
③ 指布兰姆·斯托克。（本书若无特殊说明，均为原注。）

就在那一刻，我终于醒悟了，尽管事实如此明了，我却曾不由自主地共谋了谎言。我这次旅行的目的是打碎这个地方的神秘面具，但是人们相信他们愿意相信的。导游说得对，事实上我是合作的，我的所作所为将为它的宣传锦上添花。我立即放弃了这个计划，尽管我在旅行和研究上耗资不菲。

不过，特兰西瓦尼亚之行最终却给我的生活带来重要的冲击：我结识了雅典娜，那时她在寻找自己的母亲。命运，神秘的命运，无情的命运，让我们在一个无足轻重的宾馆那无足轻重的大堂里面对面地相逢。我是她与黛德丽，也就是埃达——她更喜欢人们这样叫她——第一次谈话的见证人。仿佛自观自演，我目睹了自己内心一场无望的斗争：一个女人，她不属于我的世界，却又诱惑着我，面对这诱惑，我的心不肯让我轻易就范。当我的理智节节败退时，我竟欢欣雀跃。我别无他法，只能缴械投降，承认自己深坠爱河，不可自拔。

这场爱情让我看到了一些仪式，我以前从未想过它们居然会存在于世，还有灵魂附体，以及迷狂。我想我因爱而盲目，我怀疑一切；怀疑并没有让我停下脚步，而是将我推向了一片海洋，而我从前不承认它的存在。正是这种力量，使我在最艰难的时候能够面对其他记者朋友的惺惺作态，并书写雅典娜的故事，以及她的工作。尽管雅典娜已经故去，但是我们的爱依旧活着，正因如此，这种力量才得以长存，但是我现在却全心全意希望自己能忘记看到并学到的一切。只有抓住雅典娜的手，我才能浮沉于这人世间。

这曾是她的花园，她的河流，她的山川。现在她走了，我要让一切都迅速恢复原状；我想把注意力更多地放在交通、英国的外交政策以及公众税收管理等问题上。我希望能重新相信魔法的世界只不过是些奇技淫巧，相信人们是迷信的，相信科学无法解释的东西便不应存在。

波多贝罗的集会失控后，关于她的做法，我们之间起了无数的争执，如今，我很庆幸她从未听过我的话。如果说在这场痛失我爱的悲剧中还有什么令我们宽慰，那也许是一种希望：这样的结果才是最好的。我永远需要这种希望。

我清醒与入睡时都是这般确定。与其堕入这人间地狱，不如让雅典娜早些离开。在把她定性为"波多贝罗女巫"的集会之后，恐怕她再难找到安宁。她的余生将是一场个人梦想与集体现实之间的苦涩对抗。我了解她的个性，她将至死抗争，将耗尽气力，糟蹋幸福，只为证明没有人——绝对没有人——愿意相信的事情。

人们不知道，她就像溺水者寻找木板一样寻找死亡。她曾无数次在凌晨的地铁站里等待着歹徒的袭击，而他们从未出现过。她曾走在伦敦最危险的街区，希望有人给她致命一击，然而这并没有实现。她挑衅身强力壮者，但他们始终没有暴跳如雷。

直到她被残忍杀害的那一刻。但是，我们中有多少人会逃开，不去看生命中最重要的事物一分一秒地逝去？我这里说的不仅是人，还有我们的理想与梦想：我们可以坚持一天、一个星期、几年，但是注定会失去。我们的躯体依然活着，但灵魂迟早会遭受致命一击。这是一场完美的犯罪，我们不知道谁谋杀了我们的快乐，什么原因招致了这一切，以及罪犯藏在哪里。

而这些不肯说出姓名的罪犯，会对他们的行为有自知之明吗？

我想他们不会，因为他们也是自己创造的现实的牺牲者，无论他们是忧郁的还是傲慢的，是无能的还是强大的。

他们不懂，也将永远不懂雅典娜的世界。幸好我还可以这样说——雅典娜的世界。我最终接受了她已离家旅行，仿佛这是一种恩典，仿佛某个人置身于美丽的宫殿之中，品尝着最精美的食物，却清楚地知道这只不过是一场筵宴，宫殿不是他的，食物也不是用他的钱买的，某一刻，灯熄火灭，主人安寝，仆人告退，大门紧闭，而我们又站在街上，等待着出租车或公共汽车，重新回到庸常生活中去。

我回来了。或者应该这样说，我的一部分回到了这个只有我们能看到、能摸到并解释得了的东西才具有意义的世界。我重新喜欢上了超速驾驶被罚款，喜欢人们在银行柜台前的口角，喜欢那些关于天气的永恒的抱怨，喜欢恐怖电影和一级方程式赛车。这是我将与之朝夕相处并将了此余生的人间。我会结婚、生子。过去将成为遥远的回忆，并将在白日里促使我扪心自问：我怎么竟会如此盲目？怎么竟会如此天真？

我同样知道，在夜晚，我的另外一半会在宇宙中徜徉，接触如我面前的一包香烟、一杯金酒般真实的东西。我的灵魂将与雅典娜的灵魂共舞，我熟睡之时，将与她须臾不分。我将汗流浃背地醒来；我将走进厨房，喝一杯水；我将懂得为了战胜幽灵，得去运用一些超现实的东西。因此，我将遵照祖母的建议，在床头柜上放一把张开的剪刀，这样便可以剪断这连绵不断的梦。

第二天看到那把剪刀时，我会后悔。但是我必须重新适应这个世界，不然，我将疯狂而终。

安德烈娅·麦肯锡，32 岁，话剧演员

"没人摆布得了别人。在一种关系中，双方都知道他们做的是什么，即便后来其中一人抱怨自己被利用了。"

这话是雅典娜说的，可是她的行为却正好相反，因为她就利用并摆布了我，而且毫不顾忌我的感受。当我们谈起魔法的时候，这个问题会变得越发严重。归根结底，她是我的导师，肩负着传递神圣的神秘事业，唤醒我们所拥有的不为人知的力量的重任。当泅游在这片陌生的海域时，我们会盲目地相信引导我们的人，因为我们相信他们比自己知道得更多。

我如今可以肯定：他们所知的并不多于我们，无论是雅典娜、埃达，还是我通过她们所结识的其他人。她同我讲过，她通过教课来学习东西，尽管我起先拒绝相信，但后来相信这一切也许是真的，我终于发觉这不过是她的又一个伎俩，让我们卸下防备，臣服于她的魅力。

那些汲汲于精神探索的人不这样想，他们只想要结果。他们想变得强大，远离芸芸众生。他们想与众不同。雅典娜耍弄他人感觉的方式着实让人害怕。

我觉得，过去的她，对小德兰有着深深的迷恋。我对天主教并不感兴趣，但是，我听人说过小德兰的身与心能够与上帝感应。有一次，雅典娜说过她希望自己的命运能同小德兰的一样。要是她真这样想，就该进修道院，致力于灵修，为穷人服务。这样她将对世界更加有用，而不是通过音乐或者仪式引诱人们上瘾，让我们接触到最好的或是最差的自己，这样实在是太危险了。

我找到她，是为了给自己生命的意义找到答案，尽管在第一次见面时我掩饰了这一意图。我应该从一开始就察觉到雅典娜对此并不感兴趣；她喜欢的是跳舞、做爱、旅行，把人们聚拢在她的身边，卖弄自己的博学；她喜欢炫耀自己的天赋，挑衅邻居，尽情地享受最为世俗的一切，即使她试图为自己的追求涂上一层精神的亮色。

我们每次相遇，无论是在魔法仪式上，还是去酒吧的时候，我都能感觉到她的力量。这种力量强大地表现了出来，并让我觉得触手可及。开始时我被迷住了，我想成为她那样的女人。但是有一天，在一家酒吧，她开始谈起"第三种仪式"，这里面有性的内容。她在我男朋友面前这样做了。她借口说要教我。而我认为她的真实目的是想勾引那个我爱的男人。

当然，她最终如愿以偿。

说已经过世的人的坏话当然不好。雅典娜应该不会在意我的话，但是她所有的力量并没有用于增进人类的福祉的，提升自己的精神，而是纯粹用在了追求个人私利上。

最糟的是，如果不是她强迫症一般的表现欲，我们一起开创的事业一定会成功。只要她当初小心一些，我们今天依然可以完成为之倾注心力的事业。但是她无法自控，她认为自己就是真理，仅凭着她的诱惑力就可以越过一切樊篱。

　　结局怎么样？我落了单。我无法半途而废，我得坚持到底，尽管有时候我感到脆弱，甚至沮丧。

　　她的生命以这种方式落幕，我丝毫不觉得奇怪：她是玩火自焚。据说外向的人不如内向的人幸福，为了弥补这个缺憾，他们得向自己证明自己是快乐、幸福、自由的。至少对她来说，这种评价完全正确。

　　雅典娜深知自己的魅力，并让所有爱她的人痛苦。

　　也包括我。

黛德丽·奥尼尔，37岁，医生，又名埃达

如果一个素昧平生的男人今天打来电话，和我们聊一会儿，没暗示什么，没说什么特别的，但给了我们平日很少得到的关注，我们就可能在那个暧昧的夜晚，与他共赴云雨。我们就是这样，一点也没错，轻易向爱情敞开怀抱本来就是女人的天性。

正是这爱情使得十九岁的我与母亲相遇。而雅典娜通过跳舞第一次进入迷狂状态也是在这个年纪。但这是我们唯一相同的东西，即开始的年龄。

而在其他方面，我们截然不同，尤其是在待人接物的方式上。作为她的导师，我总是把自己最好的一面呈现出来，使她能够有条理地展开对内心世界的探寻。作为朋友，尽管我不确定这种感情是否会得到回应，但我试图提醒她：对于她想激起的变革，世界还没做好准备。我还记得我曾失眠数日，最终下定决心，让她听从内心的声音，自由地去做。

她最大的问题是她属于二十二世纪，却生活在二十一世纪，而且让所有的人都看到了这一点。她付出了代价吗？这点毋庸置疑。但如果让她压抑自己的生命力，她付出的代价会更大。她将痛苦不堪，畏首畏尾，总是担心"其他人怎么看"，总是说"让我先把这些问题解决掉，然后再专注于自己的梦想"，总是抱怨"理想的条件总是无法满足"。

所有的人都在寻找一位完美的导师；导师其实也是人，尽管他们教的东西是神性的——人们总是很难相信这点。不要混淆传道者和道、仪式和迷狂、象征的本体和象征的喻体。传统联系的是生命中的诸种力量，而不是传递这些力量的形形色色的人。但我们是脆弱的：我乞求母亲派向导给我们，她却只会给我们那些我们必经之路的路标。

那些只想寻找牧人却不渴望自由的人呀！找到超能力是每个人都能做到的事，但是这种能力永远远离那些推卸责任的人。我们活在地球上的时间是神圣的，我们应该赞美每一分每一秒。

然而这至关重要的一点却被大家完全遗忘了，甚至连宗教节日也只是为去海滨、公园或滑雪场提供机会。不再有仪式。日常行为再也不可能变成神圣的表现。我们做饭，却抱怨这是浪费时间，其实我们本可以将爱变成食物。我们工作，却认为这是上帝的诅咒，其实我们本应利用自己的才智让自己快乐，并将母亲的爱播撒到人间。

雅典娜将那个我们深藏于心底的丰富多彩的世界公之于众，她没有察觉到人们还没准备好接受她的能力。

当我们——女人——去寻找生命的意义，或者那条通往知识的路时，总难免将自己纳入下面四种经典的类型：

童贞女式（此处与性无关）：她通过完全的独立实现了自己的追求，她学到的一切都是她独自面对挑战的收获。

11

殉教者式：她在痛苦、背叛、苦难中发现了一种体认自己的方式。

圣徒式：她在无限的爱、在不求回报的付出之中，找到了生命的真正理由。

最后，女巫式：她追求完全的无止境的快乐，以此来证实自身的存在。

一般来说，我们只能选择成为其中一种传统女性，而雅典娜却四位一体。

当然，我们可以为她的行为辩护，我们可以辩称所有进入躁狂或者迷狂状态的人都会失去与现实的联系。但这是错的，物质世界与精神世界原本是一回事。我们可以在每一粒尘埃中看到神，但是这不能阻止我们用一块湿海绵拭去灰尘。神没有离开，他成了洁净的表面。

雅典娜本该小心照顾自己。我思考着这位女学生的生命和死亡，决定最好还是改变一下自己的行事作风。

莱亚·扎伊纳布，64岁，占数家

  雅典娜？真是个有意思的名字！我们来看看……她最大的数字是9。乐观，善于交往，引人注目。人们喜欢接近她，因为可以得到理解、同情和慷慨。正因为这样，她得小心点，因为希望受到大家喜爱这个想法会在她脑中纠缠，而结果必将得不偿失。她还应该更注意自己的语言，因为她有讲话不受理智支配的倾向。

  她最小的数字是11。我认为她希望具有领导地位。她对神秘的事情有着浓厚的兴趣，并试图以此将和谐带给那些聚集在她周围的人。

  不过，这一切却直接与数字9冲突。9是她出生的年、月、日不断相加直至个位得到的数字，代表着嫉妒、悲伤、内向，以及冲动。她需要注意下面这些负面波动：野心勃勃、毫无耐心、滥用权力，以及铺张浪费。

  由于这种冲突的存在，我建议她从事不与人发生情感接触的工作，比如信息或者工程类。

  她已经死了？对不起。那她究竟是做什么的？

她究竟是做什么的？雅典娜什么都做一点，不过，如果我们必须为她的一生盖棺定论，我们可以这么说：一位懂得自然力量的祭司。或者我们也可以这样说，由于她对生活没有期望，或者没有什么可失去的，因此，她敢做别人不敢做的事情，并最终拥有了她自认为可以控制的力量。

她做过超市的服务员，当过银行职员，卖过土地，在每一个位置上，她都锲而不舍地展示着内心深处的祭司力量。我和她一起生活了八年，亏欠了她：我要恢复她的记忆，她的身份。

收集这些证言的时候，最难的一件事情是说服其他人允许我使用他们的真实姓名。一些人声称他们不想卷入是非，另一些人试图隐藏他们的观点和情感。我解释说，我的真实意图在于让所有相关人士更好地理解这件事情，而且没有人会相信匿名的证词。

最终大家接受了我的建议，因为每一位受访者都认为，对于任何事件而言，自己的版本是唯一和最终的版本，而不管该事件是多么微不足道。磁带转动着，我发现事物并非是绝对的，它们依托于人的感知而存在。很多时候，如果想知道自己究竟身为何人,最好的方式便是知道其他人如何看待自己。

  这并不是说我们将做其他人希望我们做的事,但是至少我们可以更好地了解自我。这是我亏欠雅典娜的。

  还她的故事以本来面目。写下她的传奇。

萨米拉·卡利尔，57岁，家庭主妇，雅典娜的母亲

请不要叫她雅典娜，请不要。她的真名是莎琳，莎琳·卡利尔，我们深爱的、被寄予厚望的女儿。我和我丈夫当年也曾想自己生育一个这样的女儿。

但是，生活从来不肯遂人愿——当命运特别垂青于你时，总是会有一口深井，让你所有的梦想都坠落其中。

我们住在贝鲁特的时候，这个城市是公认的中东最美丽的城市。我丈夫是一位成功的实业家，我们因爱而结合，每年都去欧洲旅行。我们有很多朋友，每当有重要的社会活动，我们总会接到邀请，甚至有一次，我们在家中接待了美国总统，你可以想象那场面！那是令我终生难忘的三天：开头的两天，美国秘密警察把我家的每一条地缝都检查了一遍。（他们在我住的街区已经待了一个多月，占据着重要位置，还租了公寓，甚至化装成乞丐或是热恋中的情侣。）都是为了那一天——更确切地说，那两个小时的宴会。我永远不会忘记我那些朋友眼中的妒火，还有我们的快乐，我居然可以与世界上最有权势的男人合影留念！

我们拥有一切，独独缺少最想要的一样：一个孩子。因此我们一无所有。

我们试了所有的方法。我们祈祷过，去过所有保证会发生奇迹的地方，看过医生，甚至包括游医，吃过药，喝过神奇的符水。我曾做过两次人工授精，但都失去了孩子。第二次，我连左卵巢都失去了，此后，我再也找不到一位敢冒这个风险的医生了。

这时，一位了解状况的朋友向我们建议了唯一可行的法子：收养一个孩子。他说他在罗马尼亚有门路，这样便无须耗费很长时间。

一个月后，我们乘上了飞机。这位朋友与该国当时的统治者[①]有重要的生意往来，我不记得他的名字了，这样我们避免了所有的官僚程序，最后来到特兰西瓦尼亚锡比乌市的一个收养中心。那里的人备好了咖啡、香烟和矿泉水等待着我们，所有的文件已经齐备，只剩下挑选一个孩子了。

他们把我们带到了育婴室，那里很冷。我简直无法想象，人们居然可以把可怜的婴儿放在那样的地方。我本能地想收养所有的孩子，把他们带到我们的国家，那个有阳光和自由的国度。当然了，这疯狂的念头只是一闪而过。我们在摇篮之间穿梭，听着婴儿的啼哭声，想到自己即将做出的决定的重要性，不禁觉得毛骨悚然。

时间过去了一个多钟头，我和我的丈夫没有交换只言片语。我们离开了，去喝了杯咖啡，又抽了根烟，然后便回来了，并如此这般重复了几次。我注意到那位女负责人已经不耐烦了，需要

---

① 指尼古拉·齐奥塞斯库。

立即做出决定。就在这一刻，在一种我斗胆称之为母性的本能的驱动下，我仿佛发现了那个婴孩，它命里注定属于我，只不过是通过别人的子宫来到世间。我指向了一个女孩。

负责人建议我们再好好想想，虽然她对于我们的拖延已是如此不耐烦。但是我已经决定了。

尽管如此，她赔着小心，尽量不去伤害我的感情（她以为我们与罗马尼亚上层人士有来往），因为不想让我的丈夫听到而悄声地说：

"我想您还不知道，这是一个吉卜赛女孩。"

我说一种文化并不通过基因来传递，这个三个月大的女孩将作为我和我丈夫的女儿长大，按照我们的习俗教养。她会去我们常去的教堂，在我们常常散步的海滩上散步，读法文书，在贝鲁特的美国学校上学。另外，我对吉卜赛文化一无所知——即便现在也是如此。我只知道他们颠沛流离，不常洗澡，喜欢骗人，耳朵上戴着耳环。有传言说他们用大篷车拐骗婴儿，但是眼前的一切正好相反：他们抛弃了一个婴儿，而我将对她负责。

那个女人还在努力说服我，但是我已经签好了文件，而且央求我的丈夫也这样做。在回贝鲁特的路上，世界仿佛变了个模样：上帝给了我一个在这个苦难之谷生活、工作与奋斗的理由。我们现在有了一个孩子，她让我们所做的一切努力变得合情合理。

莎琳长大了，聪慧又漂亮——我知道所有的父母都会这样说，但是我认为她真的与众不同。一天下午——她那时刚刚五岁——我弟弟对我说，如果她将来想在国外工作，她的名字将暴露她的出身。他建议我为她改一个不会泄露身份的名字，比如雅典娜。当然，我现在已经知道雅典娜不仅指向一个国家的首都，还是智慧与战争女神。

也许我弟弟并不知道这些，只是觉察到一个阿拉伯名字会给她带来麻烦。他是在政坛上打滚的人，就像我们家族里的其他人一样，他希望把外甥女从天际的阴翳下拯救出来——他看到了那片阴翳，也只有他能看到。让人奇怪的是，莎琳喜欢这个词的发音。只用了一个下午，她便开始称呼自己为雅典娜，从此再也没有人能从她的脑子里抹去这个名字。为了让她开心，我们决定选这个名字，我们觉得她很快就会意兴阑珊。

难道名字真的会对一个人的一生产生影响吗？时光一天天逝去，而名字却留了下来，最终我们为她采用了这个名字。

莎琳十二岁时，我们发现她对宗教充满热忱。她成天待在教堂里，记熟了所有的福音故事，这既是福祉又是诅咒。身处这个被宗教信仰切割得四分五裂的世界，我很担心女儿的安全。就是在那个时候，莎琳开始告诉我们她有几个看不到的朋友，好像这是最自然的事一般，那些朋友是在我们常去的教堂里看到的圣徒和天使。当然了，所有的小孩都曾有这种感觉，只是在他们过了某个年龄之后，便把这一切忘得一干二净。他们还善于给无生命的事物赋予生命，比如娃娃或者毛绒老虎。但是那一天，我开始觉得有些不对劲：我去学校接她，她对我说，她看到了"一个穿着白袍的女人，好像是圣母马利亚"。

我相信她能看到天使，我甚至相信天使会和小孩子聊天。但是，如果出现在她眼前的是成人，那么事情便完全不同了。我听过一些故事，几位牧童对农夫说他们看见了身穿白袍的女人——

这最终却毁了他们的人生，因为人们纷至沓来，寻访神迹，神甫们忧心忡忡，村庄变成了朝拜圣地，可怜的孩子们在修道院里终老一生。[①]我对这个故事感到忧虑。这样的年纪，莎琳本应更加关注化妆、美甲，关注情感连续剧或儿童节目。我的孩子有点不对劲，所以我赶紧向专家求助。

"别紧张。"他说。

对于这位儿童心理学专家，以及大多数研究这个课题的医生来说，那些看不见的朋友是梦境的投射，有益于帮助孩子们发现愿望，表达情感。这一切都是无害的。

"那么，那位白衣女人呢？"

他回答说，也许我们看待和解释世界的方式并不能被莎琳理解。他建议我们做好准备，慢慢地告诉她，她是被收养的。按照专家的话，要是她自己发现这个事实就更糟糕了，那样她会怀疑一切。她的行为也将会无法预测。

从那一刻开始，我们改变了和她对话的方式。我不知道人们是否会记得婴儿时期发生的事，但我们开始向她表现出我们的爱。我们这么爱她，她不需要躲进一个幻想世界里寻找庇护。她应该知道，这个眼前的世界有着无与伦比的美好，她的父母会保护她，不让她受到任何威胁，贝鲁特很美，海滩上洒满阳光，到处都有游人在徜徉。我没有直接与那个"女人"针锋相对，而是更多地与我的女儿待在一起，邀请她学校里的朋友来我们家玩，不放过

[①]指法蒂玛圣母显灵事件。1917年，三位葡萄牙乡间少年看到橡树上有一位身着白袍、浑身发光的女人，她说自己是圣母，后来该地成为朝拜圣地，三位少年两位死于稍后爆发的流感，一位终老于修道院。——译注

任何一个展现母爱的机会。

这种策略奏效了。我的丈夫经常出差，莎琳觉得被忽视了。在爱的名义下，他愿意稍稍改变自己的生活方式。孩子的自言自语逐渐被亲子之间的玩耍取代。

一切都很顺利，直到那天夜里，她哭着跑进我的房间。她对我说她很害怕，因为地狱已经近了。

我一个人在家，丈夫又出门了，我认为这是她绝望的原因。但是地狱难道是学校或者教堂教她的吗？我决定第二天去找她的老师谈谈。

莎琳不停地哭。我把她带到窗前，让她看满月下的地中海，告诉她没有魔鬼，只有天上的星星，还有从公寓前经过的行人。我让她不要害怕，平静下来，但她还是在哭，浑身颤抖。半个小时后，我尝试着让她平静下来，我开始紧张，求她不要这样，她已经不再是个小孩子了。我觉得她可能是初潮来临，小心翼翼地问她是不是有血流出来。

"有很多血。"她说。

我拿了一点棉花，让她躺下，好处理她的"伤口"。这没什么大不了的，明天我再向她解释。但是月经根本没有来。她还是在哭，不过肯定是累了，不久便睡着了。

第二天一早，血真的开始流淌。

有四个人被暗杀了。对于我而言，这不过是又一次部族冲突，我们的人民早已习以为常。对于莎琳，这也算不了什么，因为在那之后，她再没有提起过那天晚上的梦魇。

然而从那天开始，地狱果然近了，直到今天也没有远离片刻。

同一天，二十六名巴勒斯坦人在一辆公共汽车里遭到报复性暗杀，全部丧生。二十四小时后，道路已经无法通行，因为到处是流弹。学校停了课，莎琳被老师迅速送回家里。此后，再没有人能够控制局势。我的丈夫中断了出差，回到家，整天同政府里的朋友通电话，但是没人能说得清究竟会怎样。莎琳每天听着外面的枪声，还有屋子里我丈夫的咆哮声，出乎我意料的是她却一言不发。我总是对她说这一切都是暂时的，不久我们就可以去海滩了。但她总是移开目光，拿出一本书来看，或者听音乐。不久以后，当地狱真的临近的时候，莎琳却在读书，在听音乐。

我不想费心思考这些，真的不想。我不愿去想即将来临的威胁，以及谁对谁错，谁是谁非。几个月后，人们如果想穿过某条特定的街，必须乘船到塞浦路斯岛，再换条船从路的另一边上岸。

几乎整整一年，我们都待在家里，幻想着形势会好转，我们总是认为这一切都会过去，政府最终会控制局势。一天早上，莎琳正用她的小收音机听着音乐，突然，她跳了几步舞，然后说"会持续很长，很长时间"，以及其他诸如此类的话。

我想打断她，但是丈夫拦住了我。我发现他在全神贯注地听着，并且对孩子说的话信以为真。我永远不知道为什么，我们也再没有对这件事多加评论。直到今天，这仍是我们之间的禁忌。

第二天，我丈夫开始采取出人意料的措施。两周以后，我们坐上了驶往伦敦的轮船。后来，尽管没有具体的数据，我们知道在内战的那两年间①，大约有四万四千人死亡，十八万人受伤，上

---

① 指 1974 年至 1975 年间。

百万人无家可归。由于其他的原因，战争没有停息，这个国家被外国武力占领，直到今天依然是人间地狱。

"会持续很长，很长时间。"莎琳这样说。上帝啊！事情不幸被她言中了。

卢卡斯·杰森－彼得森，32 岁，工程师，前夫

当我第一次见到雅典娜的时候，她已经知道自己是被收养的孩子了。那时她十九岁，在大学的咖啡厅里正要和同学大打出手。那个人以为她是英国人，因为她皮肤白皙，一头直发，眼睛时而是灰色的，时而是绿色的，因而说了些中东的坏话。

那是开学的第一天，一个全新的班级，每个人对其他人都一无所知。但是在那一刻，她站了起来，拽着对方的衣领，疯了一样地喊：

"种族歧视！"

我看到女孩凶狠的目光，还有其他人兴奋的目光，大家都在等着看一出好戏。我比他们年长一级，一下子就预料到了后果：她们会被揪到校长室，被投诉，甚至会被开除，警察会开展关于种族歧视的调查。没有人会有好果子吃。

"闭嘴！"我大声喊道，却不知道自己说了些什么。

我也不认识她们俩中的任何一个，也不是什么救世主，而且我认为时不时地打场小架对于年轻人是种刺激。但是我的叫喊和反应甚至出乎自己的预料。

"住手!"我冲着那个漂亮女孩喊道,她抓着另外一个漂亮女生的脖子。她看向我,拿眼睛瞪着我。突然间,情况发生了变化。她笑了,尽管手还紧紧地抓着另一位同学的脖子。

"您忘记说'请'了。"

所有的人都笑了。

"请住手!"我请求道。

她放开了那个女生,向我走来。所有人的脑袋都跟着她转。

"您很有教养,那是不是也有烟呢?"

我递给她一包烟。我们来到校园里一起抽烟。刚才的暴怒已经转为彻底的放松,没过多久她就笑了起来,和我讨论天气,问我喜欢哪支乐队。我听见了上课铃声,却庄严地忽视了自小被教育要恪守的原则——遵守纪律。我们接着聊天,大学、打架、食堂、刮风、寒冷、阳光,这一切统统都不存在了,唯一存在的是这个站在我面前的灰色眸子的女人。她和我讲的都是些无趣而又无用的事情,却足以让我的余生停留在那个瞬间。

两个小时后,我们一起用餐,七个小时后又一起去了一间酒吧,点了些喝得起的饮料和吃得起的东西。我们之间的谈话越来越深入,不多一会儿,我便知道了她的一生:还没等我问,雅典娜便详细地对我讲了她的童年和少年。后来我才知道她对每个人都是如此。不过那一天,我觉得我是地球上最特别的人。

她是黎巴嫩的战争难民,目前在伦敦流亡。她的父亲是马龙派[①]基督徒,因与政府合作而受到死亡威胁,即便这样,他仍然不

---

①天主教支派,受梵蒂冈管辖,但不要求神甫独身,使用东方和东正教的仪式。

肯流亡,直到有一天,雅典娜偷听到了电话的内容。她决定在那一刻长大,承担起做女儿的责任,保护她挚爱的亲人。

她跳了一段舞蹈,佯装进入了迷狂状态(她是在学校里学会这些的,当时她在研究圣徒的生平),然后开始说话。我不知道一个小姑娘如何能让两个大人下定决心相信她的话,但是雅典娜信誓旦旦地说事情就是如此,她的父亲很迷信,她绝对相信是自己拯救了一家人。

他们作为难民来到了这里,但并不是乞丐。黎巴嫩人的社区遍布全世界,她父亲不久便重建了事业,生活仍在继续。雅典娜上了最好的学校,学习她喜爱的舞蹈,并在高中毕业后选择了工程系。

到伦敦后,她的父母邀请她在这个城市最昂贵的一家餐馆吃晚餐,小心翼翼地告诉她,她是被收养的。她装作非常震惊,拥抱了他们,并表示他们之间的关系永远不会改变。

实际上,家里的一个被仇恨蒙了心的朋友,曾经称她为"不知感恩的孤儿,连私生女都不是,也不知道什么是教养"。她向他扔了一只烟灰缸,砸中了他的脸,然后偷偷地哭了两天,再后来,她便接受了这个事实。那个家伙脸上落下了疤痕,却没法向别人解释,只好说是自己在路上遭劫了。

第二天,我约她出去。她非常坦率地告诉我,自己还是个处女,每个周日都要去教堂,她觉得爱情小说索然无味,但是对中东局势方面的文章兴致盎然。

因此,她很忙,忙得要命。

"人们认为女人唯一的梦想是结婚生子。我和你讲了我的过去，你会觉得我受了很多罪，实际上并非如此。我非常明白，别的男人也曾接近我，试图把我从'悲剧'中拯救出来。

"不过他们却忘记了一件事，从古到今，上战场的人要么是马革裹尸返回故乡，要么是伤痕累累却越战越勇。这样是最好的选择：我从出生那天起就上了战场，我还活着，不需要任何人保护我。"

她停下来，有一会儿没有说话。

"你看我有教养吗？"

"非常有教养，不过，要是你去攻击比你弱小的人，那你的确是需要保护的，因为你会毁了自己的大学生涯。"

"你说得对，我接受邀请。"

此后，我们时常约会。我越接近她，便越能发现自己的闪光点——因为我总是想把自己最好的一面表现出来。她再也不读魔法或者密宗方面的书了，她说那些都是歪门邪道，耶稣是唯一的救赎，此外再没有别的了。不过有的时候，她的说法不太符合教堂里教授的知识。

"基督的身边有乞丐、妓女、税务官和渔夫。我想这点指的是圣灵存在于所有人的心灵之中，永远不会枯竭。当我安静的时候，当我激动万分的时候，我感觉我在和宇宙一起颤动。就这样，从前不认识的事物被我认识了，就像上帝亲自指引着我的脚步。有些时刻，我感觉所有的一切都展现在我面前。"

之后，她纠正了自己的话：

"这是不对的。"

雅典娜生活在两个世界中——她感受到的真实的世界和信仰

传授给她的世界。

一天,在经历了一个学期的计算方程和结构学习的折磨之后,她宣布将放弃学业。

"可是你之前从来没有和我讨论过这件事。"

"我甚至害怕和自己讨论这件事。然而,今天碰到了我的美发师,她日复一日地工作,为了让她的女儿能完成社会学的学业。女儿读完了大学,找过很多家公司,后来终于在一家水泥厂当了秘书。即便这样,美发师今天还骄傲地不停对我说:'我女儿有文凭了。'

"我父母大部分的朋友,以及他们大部分朋友的子女都有文凭。不过,这并不意味着他们能做自己想做的事。许多人正好相反,他们进入或离开大学,只不过是因为在大学这个比较重要的时期听人说,只有拥有文凭才能在生活中得到提升。这样的话,这个世界上便不会有好的花匠、收藏家、面包师、石匠和作家了。"

我求她再考虑一下,而不要这样极端地作决定。但是她引用了罗伯特·弗罗斯特[1]的诗:

在我面前有两条路
我选择了人迹罕至的一条
它改变了我的一生

第二天,她没有去上课。

---

[1] 罗伯特·弗罗斯特(1874 – 1963),美国著名诗人,一生曾四次获得普利策诗歌奖。——译注

我们约会的时候,我问她想做什么。

"想结婚,然后生个孩子。"

这不是最后通牒。那时我二十岁,她十九岁。我觉得对于任何这类承诺而言,我们都还太年轻。

但是雅典娜是认真的。因此,我需要在失去那唯一占据我灵魂的东西——对这个女人的爱——与失去自由以及无量的前途之间做出选择。

坦率地说,做出选择不是件困难的事。

吉安卡洛·方塔纳神甫，72岁

当这对太过年轻的情侣来到教堂，请求我为他们主持婚礼的时候，我当然十分惊讶。我不太认识卢卡斯·杰森-彼得森，直到那天，才知道他的祖上是某个籍籍无名的丹麦贵族，他的家庭公开反对他们之间的结合。他们不光反对这桩婚事，还反对教会。

他的父亲说基督教的基石——《圣经》——实际上不是一本书，而是六十六份不同手稿的拼凑，作者身份不详，真实姓名也不为人所知。第一份手稿和最后一份手稿之间相隔一千多年，比哥伦布发现美洲用的时间还要长。地球上没有任何生灵——无论是猴子还是飞鸟——需要用十诫规范自己的行为。只要遵循自然的法则就可以了，那样世界就会保持和谐。他的论据确实无可争辩。

我当然读过《圣经》。我当然知道一点它的故事。不过，写这本书的人是神力的工具，耶稣创造了比十诫更加强大的约定，那就是爱。飞鸟、猴子，或者其他的生灵可以遵照自己的本能，遵循已经计划好的一切。但是人类则复杂得多，因为他们知道什么是爱，什么是爱的陷阱。

好了。我又做了一次布道，实际上我该讲讲我与雅典娜以及卢卡斯的会面。我和那个男孩子聊过——我说聊过，是由于我们的信仰不同，因此我不必受为教徒的忏悔保密的束缚。我知道了他家里之所以反对他和雅典娜的婚事，不仅是由于整个家族的反宗教倾向，更因为她是个外国人。我想引用《圣经》中的一句话，这并不是出于我的神职的缘故，而是想唤醒理智：

不可憎恶以东人，因为他是你的弟兄；不可憎恶埃及人，因为你在他的地上作过寄居的。[1]

对不起。我又开始引用《圣经》了，我保证从现在开始会控制。在与那个男孩子谈过之后，我和莎琳，或者雅典娜——她自己更愿意别人叫她这个名字——聊了至少两个小时。

雅典娜总是让我为难。她开始来教堂的时候，我便发现她脑子里有一个清楚的计划，就是成为圣徒。她对我说，黎巴嫩内战爆发之前，她和小德兰修女有着相同的经验——她看到了血在路上流淌。她的男友并不知道这些。我们可以把这归因于童年和少年时期的创伤，但是那种经验，我们称之为"圣徒附体的感觉"，在任何人身上都会发生，只是程度不同而已。突然之间，就在那个瞬间，我们会觉得自己的一生是正确的，我们的罪得到了宽恕，而爱总是更强烈，并最终将我们改变。

但是与此同时，我们也会恐惧。全身心地投入到爱之中，无

---

[1] 《圣经·申命记》23:7。——译注

论是神之爱还是人之爱，都意味着放弃了一切，甚至舍弃了舒适与作决定的权利，意味着用这个词最深刻的含义去爱。实际上，我们并不愿深陷深渊，然后让上帝选择拯救。我们更愿意全力控制所有的步履，对自己的决定了然于胸，并有能力去选择虔信的目标。

爱却不是这样——它径直到来，驻扎，转而控制一切。只有强大的心灵才能任其驱使，而雅典娜正有着强大的心灵。

我仍然记得我第一次听她歌唱的情景。我刚为几位冬天起得很早的教民做过晨间弥撒，忽然想起奉献箱里的钱没有收，便回到了教堂。这时，我听到了音乐，天使仿佛用手触摸了周遭的世界，这天籁用另外的方式让我看到了一切。悠扬的歌声之中，一位二十岁上下的女孩正凝视着圣灵感孕的图画，同时用吉他弹奏着赞美诗。

我走到奉献箱前。她注意到了我的存在，停了下来。我点头示意她继续。然后，我坐在条凳上，闭上眼睛仔细聆听。

此刻，天堂的感觉，那种"圣徒附体的感觉"仿佛从天而至。她仿佛猜透了我的心思，开始时而唱歌，时而肃静。在她停止弹奏的那一刻，我就做一次祷告。然后音乐马上又开始。

我觉得这是我生命里最为难忘的时刻——只有在这些时刻消逝后，我们才能理解它的神奇。它就在那里，既没有过去，又没有将来，仅仅存在于那个早晨、那段音乐、那种柔情、那意料之外的祷告之中。我心里充满崇敬与陶醉，为降生在这个世界上而充满感恩，为选择了这个使命而备感欣悦，尽管我不得不为之与家庭对抗。在那个简朴的小教堂里，在那个女孩的美妙歌声里，在沐浴了一切的清晨阳光里，我再一次领悟到上帝的伟大是可以通过简单的事情呈现的。

我流下了很多眼泪，觉得这一刻仿佛是永恒。然后，她停下了。我转头，发现她就是其中一个教民。从那时开始，我们成了朋友，只要有可能，我们便通过音乐分享这种崇敬。

但是她要结婚的想法让我大吃一惊。由于我们之间关系亲密，我想知道她对丈夫的家庭最终接受她有多大的期待。

"很少，非常少。"

我小心翼翼地问她是不是由于什么原因不得不结婚。

"我是处女，我没有怀孕。"

我还想知道她是不是已经通知了自己的父母，她说是的，他们的反应非常可怕，母亲痛哭起来，父亲甚至开口威胁她。

"当我来到这里，用我的音乐赞美圣母的时候，从不理会其他人会怎么说——我和圣母分享了自己的情感。从我认识到自己是人的那天起，就一直是这样——我是一个瓶子，神的力量能够在这里展现。这种力量现在要求我拥有自己的孩子，这样可以给他我的生母从未给过我的东西，那便是保护和安全。"

我回答说，在人世间没有任何人是安全的。她的路还很长，还有很多时间去等待奇迹的发生。但是雅典娜已经决定了。

"小德兰修女没有与她的疾病斗争，恰恰相反，她在疾病中看到了光荣的预兆。小德兰修女比我年轻很多，她决定进修道院时只有十五岁，因此没有获得批准，但是她并没有接受这个决定，而是要和教皇直接谈谈。您能想象吗？她居然想和教皇谈谈！但她实现了自己的目标。

"同样的光荣对我的要求比疾病简单并慷慨得多,只是想让我成为母亲。如果我再等下去,那就成不了我孩子的玩伴了。我们之间的年龄差距太大了,就不会有共同的兴趣。"

你不是唯一的一位,我坚持说。

但是雅典娜好像没有听到我的话,她继续说下去:

"当我想到上帝是存在的,他在听我说话的时候,我才是幸福的。但这并不足以让我继续活下去,也仿佛没有任何意义。我试图展现快乐,其实一点也不快乐,为了不让那些深爱着我,也深深地担心我的人着急,我在掩盖悲伤。最近我总是想到自杀的可能。每天晚上临睡之前,我总会和自己交谈很长时间,乞求这种想法离我而去,因为这将是对所有人的忘恩负义,是一场逃避,一种在大地上散播悲伤和痛苦的方式。早上我来到这里和圣母交谈,求她将我从魔鬼手中拯救出来——我曾经在夜里和他们谈话。到目前为止都还算有效,但它的效力已开始衰退。我知道我有一项使命,长久以来一直在拒绝,而现在,我决定接受它。

"这个使命便是成为母亲。我需要完成它,不然我会疯掉。如果无法看到自己身体里面生命的成长,我便无法接受外面的世界。"

卢卡斯·杰森－彼得森，前夫

维奥雷尔出生的时候，我刚满二十二岁。我不再是那个刚刚与自己的学妹结婚的学生，而是变成了肩负着养家责任的男人，肩头有千斤重担。我的父母当然没有出席婚礼，他们愿意给我们经济上的帮助，条件是让我的儿子离开我们，送给他们监护。（更确切地说，我父亲这样提过，而母亲总是哭着打电话给我，说我是个疯子，说她很想把孙子抱在怀里。）我希望等到他们理解我对雅典娜的爱，懂得我下定决心要永远和她生活在一起之后，这些阻力会迅速消失。

然而，阻力并没有消失。我得养活妻儿。我不再继续在工程系上学了。我接到了父亲打来的电话，他恩威并施，说如果再这样下去，他将剥夺我的继承权，不过，如果我重返校园，他会考虑给我一些"暂时性"的援助。我拒绝了。年少轻狂的时候，人总是爱走极端。我对他说能自己解决问题。

等到维奥雷尔呱呱坠地之时，雅典娜开始让我更好地认识了自己：这并不是通过我们之间的性事——她很害羞，我实话实说——而是音乐。

音乐是古老的事物，就像人们后来告诉我的那样。我们的祖先在洞穴之间迁徙，不能携带很多东西，但是现代考古证明，他们的行囊中除了必需的食物外，总会有一件乐器，通常情况下是鼓。音乐不仅仅是我们的慰藉，不仅仅是娱乐，远不止如此，它还是思想。通过人们爱听的音乐种类，你可以了解他们的为人。

我看过雅典娜怀孕时跳的舞，也听过她弹吉他，她想让婴儿安静下来，让他明白有人爱他，我开始任由她把自己看待世界的方式传染给我。维奥雷尔出生后，我们做的第一件事是让他听阿尔比诺尼的柔板。当我们争吵的时候，又是音乐的力量帮助我们面对艰难时刻，尽管我无法在二者之间建立什么逻辑上的联系，只有一些嬉皮士风格的想法。

但是这些罗曼蒂克无法养家糊口。我不会弹奏什么乐器，甚至都没法在酒吧娱乐客人，最后我在一家建筑师事务所找了个活儿，做结构计算。这个工作时薪很少，我不得不早出晚归。这样我就几乎看不到儿子了，因为他总是在睡觉，也几乎无法和我的妻子聊天或做爱，因为她很疲惫。每个晚上我都会自问：什么时候我们的经济情况才能好转？什么时候我们才能获得应有的尊严？当雅典娜说大多数专业文凭没用时，我是赞同的，但是对于工程（以及法律、医学）这种专业，系统地学习知识是非常必要的，不然我们就将受人摆布。我被迫放弃了以往的职业追求，中断了这个对我来说十分重要的梦想。

我们开始吵架。雅典娜抱怨说我不关心孩子，说他需要父亲，如果她只是想要个孩子，就会自己生一个，那样就不用给我带来那么多麻烦了。我又一次冲出家门，一边走一边喊，她不理解我，我自己也不明白我怎么会同意她这个疯狂的想法，二十出头便有了孩子，而且一点经济条件都没有。渐渐地，我们不再做爱了，因为疲惫，也因为总是惹对方生气。

我开始消沉下去，觉得被我爱的女人利用了、操纵了。雅典娜注意到我异常的精神状态，但是她没有帮助我，反而将精力更多地投入到维奥雷尔身上和音乐上。我只能寄情于工作。有时候，我会和父母聊到这件事，却总是听到他们抱怨说"这女人生那个孩子，为的是把你攥在手心里"。

另外，她的宗教热情与日俱增。她要求给孩子取名维奥雷尔，这是一个罗马尼亚名字，是她早就想好的。我想，除了为数不多的移民之外，英国没什么人叫维奥雷尔，但是觉得这个名字很有创意。我知道她又一次奇怪地联想起了其实没有真正经历的过去——锡比乌的孤儿生涯。

我力图适应这一切，但是我觉得因为孩子，我正在失去雅典娜。我们之间的争吵越来越频繁，她威胁要离家出走，她觉得由于我们之间的矛盾，维奥雷尔受到了"负面影响"。某个晚上，她又这样威胁我，但是离家出走的那个人却是我，我想等自己冷静一下再回来。

我漫无目的地走在伦敦的街上，诅咒着自己选择的生活，诅咒着我的孩子，虽然我已经接受了他，还有那个女人，她似乎对我的存在毫无兴趣。我走进的第一家酒吧位于火车站附近，在那里，我喝了四杯威士忌。十一点，酒吧打烊后，我来到一家营业到凌晨的商店，又买了几瓶威士忌，然后坐在广场的长椅上继续喝酒。一伙少年走到我面前，向我讨一瓶酒喝，我没给，然后就挨了打。警察来了，把我们带回了警察局。

做过笔录之后，我被放了出来。显然，我没有控告任何人，而是说这不过是一场胡闹。要是不这样说，我得作为受害者出庭，那会浪费好几个月的时间。就在我准备离开时，突然酒气上涌，一下子倒在了检察官的桌子上。他很生气，不过没有因为我的藐视把我抓起来，而是把我推出了门外。

一位袭击我的少年还在那儿，他感谢我没有追究此事。他说我的身上全脏了，都是泥和血迹，建议我回家之前找身新衣服换上。我不想继续走路了，央求他帮我一个忙：听我说说话，因为我很需要倾诉。

一个小时里，他安静地听我抱怨。实际上，我不是在和他交谈，而是和我自己。我本来是一个前途无量的少年，本来可以有十分辉煌的事业，我的家庭有很多关系，可以为我找到不少门路，但是我现在就像汉普斯坦德①的乞丐一样，酒气熏天，身心疲惫，意志消沉，身无分文。这一切都因为一个女人，而她却不想搭理我。

我讲完自己的故事之后，隐隐约约地明白了自己的处境：是我自己选择了这种生活，我以为爱可以拯救一切。但这不是事实——有的时候，爱会把我们引向深渊，更糟糕的是，还会拖着我们所爱的人一起下去。所以，我踏上的这条路不仅毁了我自己，还毁了雅典娜和维奥雷尔的生活。

在那一刻，我一再地对自己说我是一个平常人，不是那种衔

---

①伦敦的一个区。

着银匙出世，能够高贵地面对挑战的孩子。我回到家里，雅典娜已经睡了，孩子在她的臂弯里。我洗了澡，又出了家门，把脏衣服扔进街边的垃圾箱，然后异常平静地回家睡觉。

第二天，我说我要离婚，她问我为什么。

"因为我爱你。我爱维奥雷尔。我成为工程师的梦破灭了，而我所做的一切却是把责任推到你们身上。如果我们可以再等一段时间，也许会有所不同，但是你只想着自己的计划，而且忘了把我包括在内。"

雅典娜没什么反应，仿佛这一切是她期待的，或者说，无意识中她采取了这种态度。

我的心在流血，因为我希望她求我留下。可她看上去很平静，一副认命的模样，她唯一担心的是孩子听到我们的对话。在这一刻，我确定她从来没有爱过我，我不过是一个工具，让她实现十九岁便能做母亲的梦想。

我对她说，房子和家具可以留给她，但是她拒绝了——她会先回娘家待上一段时间，等找到工作后再租间公寓。她问我能否给维奥雷尔抚养费。我当即便答应了。

我起身，给了她最后一个长吻，再一次让她留在这里，但是她再一次拒绝，说只要收拾好行李，她就会回娘家去。我栖身于一家廉价的旅馆，长夜漫漫，我一直等着她的电话，等她求我回去，一起开始新的生活——如果有必要，我甚至做好了回到过去那种生活的准备，因为分离让我明白，世界上再没有人比我的妻子和孩子更为重要。

一个星期过去了，我终于接到了她的电话。但她对我说的是她已经拿走了自己的东西，打算再也不回来了。两个星期之后，我听说她在巴塞特大街租了一间阁楼，每天抱着孩子上上下下。两个月后，我们在离婚文件上签了字。

我真正的家永远地解体了，而我出生的那个家张开怀抱收容了我。

我们的分离使我饱受锥心之痛，后来我曾问自己，是不是由于少年时代读了太多爱情小说，希望不惜一切代价重演罗密欧与朱丽叶的故事，因而才在无意识中做了错误的决定。当我的伤痛平复后——只有一剂良方能治愈情伤，那就是时间——我明白了是我的生命让我遇到了这个女人，我一生唯一爱着的女人。在她身边度过的每一秒都值得珍惜，就算这一切再一次发生，我也会重复自己走过的每一步。

时间不但可以治愈伤痕，而且给了我惊喜：在我的一生中，居然可以爱上另外一个人。我再婚了，在新婚妻子身边，我十分幸福，而且无法想象如果没有她，我又该如何生活。然而，这不会让我放弃曾经历的一切，我小心地不去比较那两种体验；爱不同于公路或者楼房，是无法去丈量的。

在我和雅典娜之间，还有一样非常重要的东西，那就是我们的儿子，这是我们决定结婚之前她便坦白告诉我的伟大的梦想。我与第二位太太也有了一个儿子，对于身为人父的心理高潮和低谷，我现在已经有了充分的准备，一切都与十二年前不同了。

有一次，我去接维奥雷尔和我一起共度周末，见到了她，重新提起了往事——我问她，当知道我想离开她的时候，她为什么会如此平静。

"因为我学着默默地承受生命的一切。"她回答说。

就在那一刻,她拥抱了我,眼泪夺眶而出。我却宁愿这些泪水是在那一天流出的。

吉安卡洛·方塔纳神甫

我看到她来做弥撒，就像往常一样，怀里抱着孩子。我知道她遇到了困难，但是直到那个星期之前，一切不过是夫妻之间正常的误解，我盼望着他们早晚有一天会解决这些问题，因为他们都是好人，总是把善良播撒给周围的人。

她已经一年多没有在早上弹起吉他赞美圣母了；她全身心地照顾着维奥雷尔，我给这孩子做了洗礼，这是我的荣幸，尽管我不记得有什么圣徒叫那个名字。不过周日的时候，她还经常来做弥撒，我们总是等别人都走了之后聊一聊。她说我是她唯一的朋友，我们曾在一起分享过对上帝的爱，但是现在，她需要我同她分享这尘世的艰难。

她爱卢卡斯胜过她遇到的所有男人，他是孩子的父亲，是她选择共度一生的人，一个放弃了一切并有勇气与她组建家庭的人。当危机刚刚出现的时候，她试图让他明白这一切不过是暂时的，她需要全心看护孩子，但是她一点都不想宠坏他，以后她会让他独自面对生活中的挑战。此后，她会做回妻子，做回那个他初见时的女人，也许会比那时更好，因为她现在更加清楚地意识到了应该对自己的选择负责。即便如此，卢卡斯仍然觉得自己被冷落了。她绝望地想把自己劈成两半，却总是被迫做出选择——在这样的时刻，她会毫不犹豫地选择维奥雷尔。

我对心理学所知甚少，但是我告诉她，这样的故事我已经不是第一次听到了。某些情况下，男人会觉得自己被冷落，但是过上一段时间就会好起来；我之前曾经和我的教民谈过，也处理过这类问题。一次聊天中，雅典娜意识到自己有点莽撞，渴望为人母的浪漫情怀让她无法清楚地看到随之而来的挑战，但是现在后悔也晚了。

她问我能不能和卢卡斯谈谈。这孩子再也没有来过教堂，也许是因为他不相信上帝，也许是因为他想利用周日上午的时间和儿子亲近一会儿。只要他愿意来，我对此一定义不容辞。就在雅典娜准备央求他来这里的时候，危机忽然爆发，她的丈夫离家出走了。

我劝她忍耐，但是她被深深地伤害了。童年时她被人遗弃，她对生母的憎恨自动转移到了卢卡斯身上——尽管据我所知，他们后来成了很好的朋友。对于雅典娜来说，断绝家庭的联系也许是最为严重的罪过。

她依旧在周日来教堂，但是仪式结束后会立即回家，因为她没法把孩子交给别人照顾，而且那孩子在仪式进行的时候哭个不停，妨碍了其他教民。只有一两次，我们难得地在一起聊天，她说她在一家银行工作，并且已经租好了房子，让我不必担心，"孩子的父亲"（她已经不再提丈夫的名字了）负担抚养费。

直到那个不幸的星期日。

我知道那个星期发生了什么，一位教民告诉了我。那几个晚上，我一直在祷告，希望天使能给我一些启示，告诉我是应该遵守与教会的约定还是遵守与人的约定。天使没有显灵，我联系了我的上级，他告诉我教会之所以能存留到今天，是因为它受到教义的约束，如果可以有先例，那么早在中世纪时，我们便一败涂地了。我非常清楚地知道即将发生的一切，想给雅典娜打电话，但是她没有给我留下新号码。

那天早上，当我拿起圣餐的时候，我的手在颤抖。我说着历经千年传到我这里的话语，行使着使徒代代相传的权力。但是没过多久，我的思绪便飘到了那个女子身上。她怀里抱着孩子，宛如圣母一般，这是母性的奇迹，这是抛弃和孤独中呈现出的爱的奇迹。她就像往常一样排在队伍中，渐渐地，她走到我面前，准备领圣体。

我想那儿的大部分人都知道会发生什么。所有的人都看着我，等待着我的反应。我看到自己被正义者、有罪者、法利赛人、犹太祭司、使徒、学生、怀着善意以及恶意的人团团围住。

雅典娜站在我面前，像往常一样闭上眼睛，张开嘴巴，准备接受"基督的肉体"。

但"基督的肉体"依然在我手中。

她睁开眼睛，不明白发生了什么。

"我们过一会儿再谈。"我小声说。

但是她没有动。

"你后面还有其他人。我们一会儿再谈。"

"怎么回事？"所有靠近的人都能听到她的问话。

"我们一会儿再谈。"

"为什么不给我圣体？难道您不知道这是在众人面前羞辱我吗？我经受了那么多，难道还不够吗？"

"雅典娜，教会不允许离婚的人领受圣体。你这周签了文件。我们待会儿再说。"我又说了一次。

但她不肯动。我做了一个手势，让后面的人挪到边上。我接着发放圣体，直到最后一位教民领了圣体。还没来得及返回祭坛，就在这一刻，我听到了那个声音。

这不再是那个用歌声赞美圣母的女孩的声音。不是那个曾和我谈过她的计划，告诉我在学习圣徒生平时所受到的感动的女孩，不是那个几乎是哭着让我和她分担婚姻不幸的女孩。这是一种野兽受伤时发出的声音，她心里充满了仇恨。

"该死的地方！"这个声音说，"那些从来不听从基督的话，并把他的信息变成一座石头建筑的人统统该死！因为基督说：'凡劳苦担重担的人，可以到我这里来，我就使你们得安息。'[①] 我痛苦，我深受伤害，但是你们竟然不让我靠近他。今天我知道了，教会把这句话变成了'凡是遵守我们规则的人，可以到我这里来，但是受苦的人不要靠近'。"

我听到一位坐在第一排的女人让她闭嘴。但是我想听下去，我需要听这些话。我转过身，站在她面前，低下了头——这是我唯一可以做的事情。

"我发誓我再也不会踏进任何一座教堂。我再一次被我的家

---

① 《圣经·马太福音》11:28。——译注

人抛弃，这一次不是因为经济上的窘迫，也不是因为早婚的不成熟。所有把母亲和儿子拒于门外的人都该死！你们和那些不招待圣家庭的人没有什么不同，当基督真正需要朋友时，有些人却拒绝了他。你们和他们没什么两样！"

她抱着孩子，哭着离开了教堂。我结束了工作，进行最后的赐福，之后便直接回到了圣器室，那天，我既没有和信徒联欢，也没有进行无用的交谈。那个周日，我陷入了哲学上的两难境地：我选择尊重机构，却没有尊重作为机构基石的话语。

我已经老了。上帝可以在任何时候把我带走。我依旧对自己的信仰虔诚，认为尽管它犯了很多错误，但是正在真诚地努力改正。这也许需要几十年，也许需要几个世纪，但是终有一天，爱会成为一切的考量，还有那句基督的名言："凡劳苦担重担的人，可以到我这里来，我就使你们得安息。"我把全部的生命献给教职，对于我的决定，我从来没有后悔过哪怕一秒钟。但是在那个周日，尽管我并不怀疑信仰，却开始怀疑人类。

我现在知道了雅典娜的所作所为，不禁问自己，这种想法是当时萌生的，还是早已存在于她的心里？我想到世界上有很多雅典娜和卢卡斯，因为离异而不能再领受圣体，他们只能看着钉在十字架上受苦的基督，并倾听他的话语，而那些话语却并不总是与梵蒂冈的规定相符。少数人离开了，而大多数人依旧在周日来教堂，因为这是他们的习惯，尽管他们知道自己将被禁止领受那个化身的奇迹——将面包与酒变成基督的身体和血。

我想，在离开教堂之后，雅典娜可能遇上了耶稣。她哭着，慌乱地投入他的怀抱，恳求他解释给她听，为什么仅仅因为那张签了字的纸，人们便拒她于门外？那张纸只对婚姻登记部门和税收有点用处，而在精神的层面毫无意义。

而耶稣看着雅典娜，也许会这样回答：

"我的孩子，我同样也被拒于门外。他们已经很长时间不让我进门了。"

帕威尔·波德别尔斯基，57岁，房东

  我和雅典娜之间有一点相同之处：我们都是战争的流亡者，尚在孩提时代便来到了英国，尽管我逃出波兰是在五十多年前。我们两个还知道，尽管外在形式变化了，传统却在流亡中保存下来。社群重新聚集起来，语言与宗教依旧流传下去，在一个永远的异国他乡，人们倾向于相互扶持。

  在传统得到承续的同时，回归故乡的愿望却逐渐淡漠。这愿望长久地存在于我们的内心深处，我们愿意用它来自我欺骗，却从不曾真正付诸实践。正如我再也不会生活在琴斯托霍瓦[①]一样，她和她的家人也再不会返回贝鲁特。

  正是这种感同身受，使我把这幢位于巴塞特大街的住所的第三层租给了她，如果她不是这种身份，我倒是宁愿将房子租给没有小孩的房客。我以前犯过这样的错误，之后便产生了矛盾：我抱怨他们白天的动静太大，他们则抱怨我晚上的声响太吵。双方都有自己执着的东西，那便是啼哭和音乐，然而我们分属两个世

[①]波兰城市，天主教的朝圣圣地之一。——译注

界，无法相互容忍。

我警告过她，但是她并不以为意，她说让我放心她的孩子，因为他白天会待在外祖父的家里。我的这所房子离她的工作地点——一个小广场附近的银行很近，她看中了这份便利。

尽管我事先警告过她，尽管在最初的日子里，她也曾经勇敢地忍耐，但是八天后，有人按响了我房间的门铃。是她，怀里抱着孩子。

"我的孩子睡不着了。今天能不能把音乐关小一点？"

客厅里所有的人都看着她。

"怎么回事？"

她怀里的孩子不哭了，可能是因为看到那群人，看到他们忽然间停止跳舞，他和妈妈都惊呆了的缘故吧。

我按下录音机的停止键，做了一个请她进来的手势，然后重新开了音响，让仪式得以继续。雅典娜坐在客厅的一角，用胳膊轻轻摇着孩子，看着他在鼓声和金属乐器的喧嚣中沉沉睡去。整晚她都在那里，直到其他客人走了才离开。正如我预料的那样，第二天早上，她在上班之前，再一次按响了我的门铃。

"我看到很多人闭着眼睛跳舞，您不需要向我解释我所看到的场景。我知道这是什么意思，因为有时候我也会这样做，这是我人生中唯一平静而严肃的时刻。以前没有孩子的时候，我和前夫以及朋友们常去参加舞会，在那里，我看到人们在舞池中闭着双眼。一些人不过是为了让别人对自己印象深刻，另外一些人却仿佛被一种更强大的力量所推动。而且，从我明白自己是人的时候开始，我便从舞蹈中找到了一种将自己与更强大的事物联系起来的方式。能告诉我那音乐是什么吗?"

"这个周日你打算做什么?"

"没什么特别的。带着维奥雷尔到摄政公园玩玩,呼吸呼吸新鲜空气。我还有很多时间去完成自己的计划,那么在生命的这个时刻,我选择按照我儿子的计划行事。"

"那我和你一起去。"

在我们共同出游的前两天,雅典娜参加了我们的聚会。不久,她的孩子便睡着了,而她只是看着周围的一切,一句话都没说。尽管她坐在沙发上一动不动,我却相信她的灵魂在随之舞动。

周日的下午,当我们漫步于公园中,我让她注意看、注意听周围的一切:风中摇摆的树叶,湖里翻滚的波浪,鸟的鸣叫,狗的吠声,而孩子们叫喊着跑来跑去,仿佛被一种成人不能理解的奇怪逻辑控制了。

"一切都在运动。一切都有节奏地运动着。而这一切有节奏地运动的东西会产生一种声响。此时此刻,它发生在地球的每一个角落。当我们的祖先试图在山洞中躲避严寒的时候,他们察觉到同样的现象:事物在运动,并制造出声响。

"最早的人类开始看到这些,或许会心怀恐惧,但是不久后,他们便有了虔诚之心,因为他们明白这是一种更高的存在与他们沟通的方式。他们开始模仿周围的那些声音和动作,因为他们希望以此与更高的存在沟通——舞蹈和音乐便这样诞生了。前些日子,你也和我说过,当你跳舞的时候,感到能与比你更强大的东西沟通。"

"当我跳舞的时候,我是一个自由的女人。或者更确切地说,我是一个自由的灵魂,可以在天地间游走,看到现在,预测未来,变成纯粹的能量。这给了我极大的快乐,一种与我的经历截然不同的幸福。我希望在我的一生中继续体验这种幸福。

"曾经有那样一段时期,我认定自己的归宿是成为圣徒,因此我通过音乐和身体的舞动赞美上帝。但这条路已经被封死了。"

"什么路被封死了?"

她给小车中的婴儿调了调位置。我觉察到她无意回答我的问题,但是我坚持问清楚。当人们闭紧嘴巴时,往往是因为他们要讲述一些重要的东西。

她向我讲述了发生在教堂里的那一幕,她毫不激动,似乎应该平静地忍受生活强加给她的这一切。神甫是她唯一的朋友,但是拒绝让她领圣餐。在那一刻,她不禁开口咒骂,并永远抛弃了天主教堂。

"圣徒是那些让自己的生命有了尊严的人。"我解释道,"只要明白我们所有人都有理由存在就行了,我们能够与之妥协,这就够了。这样,我们便可以嘲笑那些或大或小的苦痛,然后一路前行,无所畏惧,我们明白每个脚步都有自己的方向,任由顶点发出的光指引着我们。"

"什么是顶点?在数学中,它是三角形最高的那个点。"

"在生活中,它也是最高的那个点,是犯过错误的人——我们所有人——的目标,在最困难的时刻,也能让人看到内心发出的光芒。这就是我们这群人想要寻找的。顶点就潜藏在我们体内,当我们接收并承认它的光芒时,便能找到它。"

我向她解释了几天前她所看到的舞蹈,那是由一群不同年龄的人跳的舞(那时我们有十个人,年龄在十九岁到六十五岁之间),我把这种舞命名为"寻找顶点"。雅典娜问我是在什么地方发现它的。

我告诉她,第二次世界大战结束后不久,我们家中有些人离开了波兰,最后定居在英国,据说带出来的东西里有一些价值不菲的艺术品和古书。

实际上,不久之后,绘画和雕塑便被变卖了,但是书被弃置在一个角落里,上面积满了灰尘。我的母亲逼迫我学习波兰语,这些书才派上了用场。有一天,在一本十九世纪出版的托马斯·马尔萨斯的书中,我发现了两页纸,纸上是我祖父的笔迹,他死在了集中营里。我开始读起来,觉得那些字迹或许和遗产有关,还有可能是写给某个秘密情人的情书,因为有传言说他曾经爱过一个俄罗斯女人。

传闻和现实之间的确存在着某种联系。那是一份游记,记载了俄国革命时他前往西伯利亚的事情。在那里一个叫迪尔多夫的遥远村落①,他爱上了一位女演员。我的祖父说她属于某个教派,该教派声称人们能够在某种舞蹈中找到克服所有邪恶的办法,因为通过舞蹈可以寻觅到顶点的光。

他们害怕这种传统有一天会消失。不久之后,村民们会远走他乡,因为这个地方将成为核试验场。女演员和她的朋友们请求他记录下他们知道的一切。他这样做了,但是应该没有特别重视

---

①没有办法在地图上找到该村庄,也许是因为它的名字被刻意修改了,也许是该村庄已因强制移民而消失。

这件事，所以仅仅把记录夹在他带去的一本书中，直到有一天我发现了它。

雅典娜打断了我：

"但是，人们不能记录下舞蹈。舞蹈是跳出来的。"

"的确如此。实际上，那两张纸上只写了一件事：跳舞，一直跳到筋疲力尽，就像登山者一样，一定要攀登上这座神圣的高山；一直跳到气喘吁吁，这样我们的肌体可以用不同于往日的方式吸进氧气，当我们终于失去身份，失去和空间或时间的联系时，这一切便也结束了。当我们和着鼓点翩翩起舞，当我们每天重复这个过程，当我们知道有的时候人的双眼会自然地闭上时，我们就会看到有一缕光从体内散发出来，它会回答我们的问题，并发展我们潜藏的能力。"

"您发展了什么样的能力呢？"

我没有回答，而是建议她加入那个团体，因为在打击乐器喧闹的声响中，她的孩子似乎也能安之若素了。第二天，我们开始仪式的时候，她出现在了那里。我把她介绍给同伴们，只说她是楼上的邻居。没有人好奇她的生活，甚至没有人问她的职业。约定好的时间到了，我便打开音响，开始跳舞。

刚开始，雅典娜跳舞时还抱着孩子，之后他睡着了，她便将孩子放在沙发上。在我闭上双眼进入迷狂之境时，我发现她已经找到了通往顶点的路。

每一天（只有周日除外），她都会带着孩子出现在那里。我们只是点头问好而已。然后我开始放音乐，这是一个朋友从俄罗斯的草原上搜罗来的，我们随即开始跳舞，一直跳到筋疲力尽。

那个月月底的时候,她求我帮她录一盘磁带。

"我想在早上跳舞,在我把维奥雷尔放到妈妈家,然后去上班之前跳。"

我表示反对她的想法。

"首先,我认为如果一群人一起联系同样一种力量,那么人们会相互感染,这样所有的人都可以进入迷狂状态。另外,在上班前跳舞只能等着被解雇,因为你一整天都会非常疲惫。"

雅典娜想了一会儿,之后说道:

"您说的集体力量是有道理的。我看到我们的群体中有四对夫妻,您的夫人也在其中。所有的人,在场所有的人,都找到了爱。正因如此,你们才能与我分享这种积极的氛围。

"但是我孤身一人。或者更确切地说,我和我的儿子在一起,只是他的爱还不能用我们能懂得的方式表现出来。这样的话,我宁愿接受自己的孤独,如果现在逃避孤独,那么将来我也不可能遇上可以相依相守的人。但如果我不同孤独作战,而是选择接受它,那么也许反而会有转机。我发现我们越是与孤独针锋相对,孤独的感觉就越强烈,但是当我们忽视它的时候,它便虚弱得可以忽略不计。"

"你是为了寻找爱而加入我们这个群体的吗?"

"我想爱本该是个很好的动机,但我的动机却并非如此。我加入是为了找到生命的意义,目前我活着的唯一理由是我的儿子,因此我害怕自己会过度地保护维奥雷尔,或者强迫他去实现自己没有实现的梦想,这样会毁了他。有一天,当我跳舞的时候,感觉自己被治愈了。如果我被治愈的是外在的疾病,我想可以称之为奇迹。但困扰我的是精神上的不安,而它突然远离了我。"

我知道她指的是什么。

"没有人教我随着这音乐起舞,"雅典娜继续说道,"但是我知道自己在干什么。"

"你不需要学习。请记住我们在公园的散步,记住我们看到的东西:自然创造了节奏,并且每时每刻都在适应着它。"

"没有人教给我爱。但是我曾经爱过上帝,爱过我的丈夫。我爱着我的儿子和家人。尽管如此,我依然觉得缺少了什么。跳过舞之后,尽管我筋疲力尽,却感到快乐,感到深深的陶醉。我希望这种陶醉能维持一整天。它将帮助我找到我缺少的东西——男人的爱。

"当我跳舞的时候,我总可以看到那个男人的心,尽管始终看不到他的脸。我觉得他近在咫尺,因此我需要精力集中。我要在早上跳舞,这样才能在其余的时间里注意身边发生的一切。"

"您知道'陶醉'是什么意思吗?这个词来源于希腊语,意思是'从自我中离开'。离开自我一整天,这对身体和灵魂的要求很高。"

"我想试一试。"

我知道再讨论下去也不会有效果,因此给她录了一盘磁带。此后每天早上,楼上的声音都会把我吵醒,我能听到她的脚步声。她还问过我在经历一个小时的迷狂之后,该如何去面对银行的工作。有一次,我和她在走廊上偶然相遇,我提议一起去喝杯咖啡。雅典娜告诉我她又复制了磁带,因为她工作的地方有很多人都想找到顶点。

"我做错了吗？应该保守这个秘密吗？"

她当然没做错，正相反，她帮助我保存了一种几近消失的传统。在我祖父的记载中，有一个女人说过，曾经有一位修士经过那个村庄，对大家说，我们的身上体现着我们的祖先和后辈。我们自我释放的时候，也是在释放着人类。

"这样，那个西伯利亚小村落里面的男男女女应该被体现了出来，他们会因此感到高兴。多亏了你的祖父，他们的传统得以在这个世界重生。不过我很好奇：在读过祖父的记载之后，你为什么会决定要开始跳舞？如果你读的内容和体育有关，你是不是会决定成为足球运动员呢？"

没有任何人问过我这个问题。

"因为那个时候我生病了。我得了一种罕见的关节炎，医生让我做好准备，到三十五岁的时候，我就得在轮椅上度日了。我知道自己已经没有多少时间，决定放手去做以后再不可能做的事情。在那张小纸片上，我祖父还记载了这样一件事：迪尔多夫的居民相信迷狂之中存在着治疗疾病的能力。"

"看来他们是对的。"

我没有继续说下去，但事实并非如此。也许医生们弄错了，也许我和家人移民国外之后，家里没有闲钱让我生病，这一点在我的潜意识中发挥了作用，引起了机体的自然反应。或者这也许是个奇迹，尽管可能并不符合我信仰的天主教教义——跳舞并没有治疗疾病的能力。

我记得年少的时候，由于没有合适的音乐，我总是头戴一顶黑色的风帽，想象着身边的一切不复存在：我的灵魂来到迪尔多夫，与那些男男女女，与我的祖父和他爱着的女演员相遇。在寂静的屋子里，我央求他们教我跳舞，让我超越极限，因为不久后我就会永远瘫痪。我的身体越是摇摆，内心的光明便越是呈现出来，我学到的东西也越多，也许是和我自己学的，也许是和那些过去的幽灵学的。我甚至想象出了他们在仪式上听的音乐。多年以后，有位朋友去西伯利亚游玩，我央求他带给我几盘磁带。其中有一盘居然和我想象中的迪尔多夫舞蹈音乐十分相似，这让我非常惊讶。

不过最好什么都别对雅典娜说。她容易受人左右，我觉得她的情绪不太稳定。

"也许你做的是正确的。"这便是我唯一的评价。

在她前往中东之前，我们又聊了一次。她看上去很开心，好像找到了自己一直追求的东西——爱情。

"我的同事们组成了一个团体，我们称它为'顶点的朝圣者'。这都要感谢您的祖父。"

"应该感谢你。因为你觉得有必要与其他人分享这一切。我知道你就要走了，想对你表达我的感谢，因为你为我常年做的事情提供了另外一个维度。我很想和对这件事感兴趣的人分享这份光明，但总是羞于启齿，我总觉得其他人会认为这个故事很可笑。"

"您知道我发现了什么吗？我发现尽管陶醉是一种从自我中跳脱出来的能力，跳舞却是一种让人上升的方式，它让人发现新的维度，并且不失去与身体的联系。通过舞蹈，精神世界和现实世界可以和谐地共处。芭蕾舞者总是踮起脚尖，因为她们在接触到地面的同时，也抵达了天空。"

我记得这是她最后和我说的话。当我们全心地投入每一场舞蹈时，大脑便会失去控制权，任由心灵去制约身体。只有在这个时刻，顶点才会出现。

当然，只要我们相信。

彼得·施尔奈,47岁,伦敦荷兰公园附近某银行分行经理

我决定雇用雅典娜,因为她的家人是我们最重要的客户。归根到底,这个世界离不开相互间的利益。因为她过于活力四射,所以我把她安排在一个官僚气息很重的部门,希望她主动提出辞职。这样,我便可以对她的父亲说自己试图帮助她,但没有成功。

多年的主管生涯教会我洞悉人们的心思,即便他们什么都不说。我在经管课程上学过,如果你想摆脱一个人,那就做点让他觉得没有尊严的事情,这样他便会主动辞职。

为了实现自己的目标,我对雅典娜做了不少事情。她并不靠着工资生活,却得很早就起床,把孩子送到母亲家里,整整一天都埋头于重复性的劳动中,然后去接孩子,去超市,照看孩子,哄他睡觉,第二天一早再在公共汽车上浪费三个小时。她总有一天会发现,这些辛劳完全没有必要,自然有其他的方式让她打发时间。不久之后,她开始变得容易发火,我对自己的计划非常满意,眼看就要达到目标了。她开始抱怨自己的住所,说房东晚上总是放音乐,声音很响,她简直没法睡觉。

突然,事情发生了变化。一开始只是发生在雅典娜身上,后来却波及了整家银行。

我是怎么察觉到这种变化的?这样说吧,员工就像交响乐队,好的经理则是一位指挥,他知道哪一件乐器走音了,哪一件富有感情,又有哪一件仅仅是滥竽充数而已。看起来雅典娜弹奏自己的乐器时没用什么感情,她总是与其他人保持距离,从来不和同事分享自己的快乐和悲伤,让人觉得她下班后的生活只是照看孩子,再没有其他可做的了。直到有一天,她忽然像变了个人,看上去容光焕发,善解人意,她说自己找到了一种返老还童的方法。

返老还童,这当然具有魔力。这句话从一个刚满二十一岁的人嘴里说出来,听起来非常荒谬,但是人们宁愿相信这是真的,并且想让她说出返老还童的秘密。

她的效率也提高了,尽管工作和往日没有什么不同。同事们与她从前不过是点头之交,现在却开始邀请她共进午餐。他们一起回来的时候,大家仿佛都心满意足,部门的工作能力也有了飞跃般的提升。

我知道沐浴在爱河中的人总是可以感染身边的人,便推测雅典娜一定是遇到了生命中至关重要的那个人。

我开口问她,她承认了,但她强调自己以前从来没有和客户出去过,不过这一次,她几乎无法拒绝邀请。按照正常情况来说,她得被辞退,银行的规则很清楚,私下里和客户接触是严格禁止的。但是这个时候,我看到她影响了所有的人。

我面对着一个棘手的问题:这个年轻的实习生尽管从前没有任何工作经验,尽管性格时而腼腆,时而咄咄逼人,实际上却成了我那群下属的领袖。如果我辞退她,人们会认为我是出于嫉妒,这样我会失去他们的尊重。但是如果撒手不管,那我将冒着失去团队控制权的风险。

我决定等待一段时间,此时,我们分行的"能量"(我讨厌这个词,因为这个词过于笼统,当然用于电力的表达时除外)日渐好转。客户看起来都很满意,并开始介绍其他的客户过来。员工也非常开心,尽管工作量实际上增加了一倍。我也不需要雇用新的人手,因为每个人都能顺利地完成自己的工作。一些同事下班后还和她聚在一起,我知道有两三个员工还去过她家。

一天,我收到了上司的信件。他们希望我出席在巴塞罗那召开的大会,我将在会上向人们讲解自己的管理方式。他们说,我在没有增加开支的情况下获得了利润的增长,这一点让决策者们很感兴趣——全世界的决策者,他们含糊地说。

可我有什么方式呢?

我唯一的优势便是知道这一切从何而来,因此我叫雅典娜来办公室一趟。我表扬了她的工作能力,她微笑着感谢我。

我谨慎地停顿了一下,我可不想解释得不清不楚。

"你的男友现在好吗?我总是认为沐浴着爱的人也会给别人更多的爱。他是做什么工作的?"

"他在苏格兰场[①]工作。"

我不想知道更多的细节。但是无论如何得让谈话继续下去,我已经没有多少时间可以浪费。

"我觉得你变化很大,而且……"

---

① 伦敦警察厅的代称。

"您注意到整个银行也有很大的变化吗？"

这让我如何回答？要么给她更多的权力，我并不情愿这么做；要么直接回答这个问题，否则就再也得不到想要的答案了。

"是的，我注意到变化很大。我还想在这个基础上继续推进。"

"我要去旅游。我想离开伦敦一段时间，见识一下新的地方。"

她要去旅游？就在我的工作迈向成功的重要阶段，她居然想一走了之？不过再仔细想想，难道她的出走不正是我需要和盼望的吗？

"如果你们赋予我更多的责任，我倒是可以帮银行一把。"她接着说。

一切都很清楚了。她给了我一个极好的机会。为什么我从前没想到呢？"旅游"意味着驱逐她，我会重新获得领导权，而又不至于承担辞退她或者遭遇反抗的成本。但是我需要思考一下整个事件，因为在帮助银行之前，她得先帮助我。现在上司们已经注意到了我们工作效率的提高，我知道我得将这种状态保持下去，否则就可能失去威信，失去地位。有时，我能明白为什么大多数同事不想把事情做好：要是他们没有做好，别人只会说他们无能。而如果他们做得不错，别人会逼着他们再接再厉，直到有一天他们心肌梗死，这样的日子才算结束。

我对自己的下一步非常谨慎：在她说出我们想知道的秘密之前，恐吓她可不是个好主意，最好还是装作同意她的要求。

"我会和上司说明你的要求。我要去巴塞罗那和他们见面，这也正是把你叫到这里的原因。我们可以说我们工作表现出众是因为人们开始和你建立起了良好的关系，你觉得这种说法可以吗？"

"因为人们开始和他们自己建立起了良好的关系。"

"是的，但这一切都是因为你？或者我错了？"

"您知道自己没有错。"

"你读了什么我没听说过的管理方面的书吗？"

"我不读这类书，但是我希望您向我承诺，您会认真考虑我的请求。"

我想到了她在苏格兰场工作的男友。要是我做出了承诺，但是没有履行诺言，会不会遭到报复？难道是他教给了她什么最新的理论，然后才有了这般不可思议的效果？

"就算您不履行诺言，我也会原原本本地告诉您的。但是如果您不照我教的去做，我不知道是否会有效果。"

"那个'返老还童'的奥秘？"

"是的。"

"难道光了解理论还不够吗？"

"也许能吧。教我跳舞的人只是通过一些纸片，便把它给搞明白了。"

我很高兴，因为她没有强迫我去做超越我能力和原则的事。不过，得承认我个人对此也颇有兴趣，因为我也曾梦想过自己拥有源源不绝的力量。我承诺说会尽我所能，雅典娜向我解释了一种神秘的舞蹈，它可以让我们找到"顶点"（或者是"轴"，我记不得那个词了）。随着交谈的深入，我开始用客观的方式整理她错乱的思绪。一个小时过去了，我让她第二天再来，我们一起做一份报告，之后我会向银行的领导层宣读。在我们交谈的时候，她笑着对我说：

"我不害怕把我们谈话的内容写出来。我想领导层也是由人构成的，他们和我们没什么两样，都是有血有肉，因此想必会对这些不同寻常的方法产生极大的兴趣。"

雅典娜犯了大错：在英格兰，传统的力量远远比创新强大。不过，在能保住工作的前提下，为什么不冒险一试呢？尽管在我看来，这东西简直荒谬至极，我得归纳整理一下，让大家都能明白。这样就行了。

在巴塞罗那演讲之前的整个早晨，我一直对自己说："我"的方法已经有了效果，这点最重要。我读过一些书，知道如果想让自己的新观点产生最大的反响，那就一定要在演讲的结构上下功夫，以吸引听众。因此我对那些集中在这家豪华酒店中的主管说的第一句话是圣保罗的名言："上帝将智者的一些东西藏起来，因为他们不知道什么是简朴，上帝决定展示给他们内心的简朴。"[①]

当我说出这句话时，全场的听众，那些整整两天泡在图表和数据中的人都安静了下来。我想我的工作保不住了，但我还是想继续讲下去。因为首先，我研究过这个题目，知道自己在说什么，我认为这值得相信；其次，尽管有时我不得不刻意忽视雅典娜的影响，但其实我并没有撒谎。

---

①他是在引用《马太福音》(11:25)中的"那时，耶稣说：'父啊，天地的主，我感谢你！因为你将这些事向聪明通达人就藏起来，向婴孩就显出来'"，还是《哥林多前书》(1:27)中保罗的那句"神却拣选了世上愚拙的，叫有智慧的羞愧；又拣选了世上软弱的，叫那强壮的羞愧"，此处不得而知。

"我发现，今时今日，想提高员工的积极性，在条件完善的培训中心进行良好的训练是完全不够的。我们所有的人都有自己无法认识的部分，有一天，当这一部分被我们认识的时候，就可以创造奇迹。

"我们所有的人都因为某个理由而工作，比如养活孩子，养活自己，让生活具有意义，获得某种权力。但是总有让我们身心疲倦的时刻，我们的秘密便在于将这些时刻变成与自我的相遇，或者与其他更高的事物的相遇。

"比如，对美的追寻与实际生活没有多大联系，即便如此，我们依然孜孜以求，好像它是世间最重要的东西。鸟儿得学会歌唱，这并不意味着歌唱可以帮助它获得食物，逃过捕杀，远离寄生虫。达尔文认为，鸟儿歌唱是为了吸引异性，把物种延续下去。"

来自日内瓦的一位主管打断了我，他说做报告应尽量客观。但是总经理鼓励我继续，这让我很兴奋。

"依然是达尔文，他曾经写过一部改写了人类进程的杰作[①]，他认为那些能唤醒心中激情的人都在重复着自洞穴时期便有的传统，在那个时代，人们举行仪式，崇拜身边的一切，这对人类的存活和发展至关重要。那么，人类的发展和银行的发展之间有什么区别呢？并没有什么区别，两者都遵守同一条法则：只有能力最强的才会存活下来，并得到发展。"

此时，我不得不提一下，多亏了我的下属莎琳·卡利尔的协助，我才萌生了这些想法。

[①] 指《物种起源》，出版于 1859 年，称人类是从猿自然演变而来的。

"莎琳，她更喜欢别人称她为雅典娜，为我们的工作带来了一种新的行为方式，也就是激情。是的，激情，就是当我们制订贷款计划或开支计划的时候从来不会考虑的激情。我的下属们开始听音乐，音乐激励他们更好地服务客户。"

另外一位主管打断了我，他说这个观点并不新鲜，超市里也会播放音乐，来吸引顾客购买。

"我不是说我们在工作场所播放音乐，而是人们开始改变生活方式。莎琳，或者雅典娜，她在大家开始一日的奔波之前领着大家跳舞。我不知道到底是什么唤醒了大家，作为管理人员，我只对结果负责，而不是对过程。我没有跳过那种舞蹈，但是知道通过那种舞蹈，所有的人都感觉自己和工作联系得更紧密了。

"我们出生，我们成长，我们被教育得相信这样的准则：时间就是金钱。我们清楚地知道什么是金钱，但是时间这个词到底是什么意思？一天有二十四小时，有无数的瞬间。我们应该觉察到每一分钟的消逝，应该把每一分钟都用到我们正在做的事情上，或者利用它去思考生活。如果我们放慢速度，那么时间就会拉长。当然，洗盘子的时间也会拉长，户头金额增长所用的时间也会拉长，还有信用的积累以及本票的计算等等，但是为什么我们不用这些时间来想想快乐的事，让我们的生命得以拉长呢？"

银行的最高主管惊讶地看着我。我相信他希望我把所学到的一切详细地讲讲，而有些来宾却开始感到不安。

"我非常明白你说的这一切。"他评论道，"我知道你的下属能够对工作保持激情，是因为他们每天都有一点时间和自己取得联系。我想向你致敬，因为你很开明，允许他们参与一种不太正统的活动，并取得了极佳的效果。

"但是，我们现在是在开会。说到时间，你只剩五分钟的时间做报告了。是否可以整理一下要点？这样便于我们在其他的分支机构里面推行。"

他说得对。对于工作来说，那些东西的确卓有成效，但是对我的职业发展来说简直是致命伤，因此我决定归纳一下我和雅典娜合作的报告。

"在个人观察的基础上，我和莎琳·卡利尔一起总结了若干要点，我很高兴能在这里与大家讨论。以下便是要点的内容。

"第一，所有的人都具有自己不知道，并且永远不为人所知的能力。尽管如此，它依然可以成为我们的同盟。因为我们不可能衡量这种能力或者评价它在经济上的价值，所以从来没有把它当回事，但是我现在是在和人交谈，我相信你们都能够明白我的话，至少在理论上是如此。

"第二，在我们这个分行，这种能力是被一种舞蹈唤醒的，如果我没记错的话，这种舞蹈起源于亚洲的沙漠。人们可以通过扭动身躯表达内心的所思所想，这样它产生的地点反倒无关紧要了。我知道'内心'这个词会让人误解，那么我建议将其换成'本能'。要是'本能'依然词不达意，那么我们可以使用'原始的冲动'，这个词似乎更为科学，当然，它不如之前那几个词含义丰富。

"第三，在我的员工上班前，我鼓励他们至少跳一个小时舞，而不是去健身房或者跳健身操。这种舞蹈刺激了身体和大脑，在一天开始的时候便使人具有创造力，那么员工也会把这种能量运用到工作中。

"第四,客户和员工生活在同一个世界里,现实不过是传导入我们大脑中的某种刺激。我们自认为看到的那一切,不过是大脑一个完全漆黑的区域里产生的电脉冲。因此,当我们产生共振的时候,就可以改变这种现实。尽管我无法理解,但是快乐是可以互相感染的,就像激情和爱情。或者就像悲伤、沮丧和仇恨,这些东西可以'本能'地被客户或者其他同事感知。如果想改进工作,必须创造出一种能维持这种积极性的刺激的方法。"

"真是装神弄鬼。"一个女人这样评价道,她是加拿大分行的股票基金主管。

我有点失态——因为我没能说服任何人。我装作不在意她的评论,并用上了所有的聪明才智,极有技巧地结束了演讲:

"银行应该拨出一部分资金用来研究这种感染,这样我们将会获得更多的利润。"

我个人比较满意这个结尾,因此觉得不必占用剩下的两分钟了。所有的会议都结束之后,在一个疲惫的傍晚,总经理请我和他一起共进晚餐,他当着所有同事的面邀请的我,好像在向他们表示他全力支持我。我以前从来没有过这样的机会,希望能充分利用一下。我们从工作、计划、股市的萧条以及新兴市场开始谈起,但是他突然打断了我,他对我从雅典娜那里学到的知识更感兴趣。

后来,他把谈话引向了私人生活,这让我很吃惊。

"你演讲时提到了时间,我知道你在说什么。今年年初,那时我利用节日给自己放了几天假。我想在自家的花园中坐一小会儿。我把报纸从邮箱中取出来,上面没什么重要的内容,不过是一些记者想让我们知道、让我们关注并发表看法的事情。

"我想给团队里的人打电话,可是那么做很荒谬,因为所有的人都和家人在一起。我和妻子、儿女以及孙子们一起吃了午饭,小睡了一会儿,睡醒后记下了一些东西。忽然间,我发现已经是下午两点了。我已经三天没工作了,尽管喜欢和家人待在一起,但我开始感觉自己很无用。

"第二天,我利用闲暇时间做了一个胃部检查,很幸运,没什么严重问题。我还去看了牙医,他也说没有什么问题。我再次和妻子、儿女以及孙子们一起吃午饭,然后在两点醒来,发现没有任何东西可以让我集中注意力。

"我很害怕。难道不该做些事情吗?如果想找点活儿干,不用费什么事,总有要去完成的计划,总有需要更换的灯泡,地上的枯叶等着打扫,书等着整理,电脑里的文档也等着我归类,诸如此类的事。但如果就这样面对着完完全全的空虚,那又会怎样呢?那一刻,我想起了一件对我十分重要的事情:我要去离乡间别墅一公里远的邮局,寄一张我忘在桌子上的贺年卡。

"我觉得诧异:为什么我非得在今天寄这张卡片不可?难道就不能什么都不做,像现在这样待着吗?

"许多种思绪在我的脑海里交缠:一些朋友喜欢担忧那些还没发生的事;一些熟人喜欢用无聊的事情填满生命的每一分钟,比如那些没有意义的谈话,那些冗长的却不谈半点正事的电话。我曾经看到过自己的上司找活儿干,以证明他们没有白拿工钱,我看到职员焦虑不安,因为那天上司没给他派什么重要的活儿,这便意味着他不是最有用的人。我的太太很不安,因为我的儿子离婚了。我的儿子也非常不安,因为我的孙子在学校里成绩不好。

我的孙子每天战战兢兢，因为他令父母不开心……尽管我们都知道成绩一点也不重要。

"为了不让自己起身，我和自己进行了一场艰难的斗争。慢慢地，那种愿望让位给冥想，我开始听到自己内心的声音，或者是本能，或者是原始冲动，就像您说的那样。我体内的那个部位疯狂地想说话，只是我忙得没有时间倾听。

"这不是通过舞蹈，而是通过彻底地将声音和动作排除在外，通过寂静，我和自己实现了沟通。您相信吗？我学到了很多与我关心的问题有关的事情，尽管在我入定的那一刻，那些问题仿佛离我而去了。我没有看见上帝，但是更清楚地知道了该如何做出决定。"

付账之前，他建议我将雅典娜派到迪拜，我们的银行刚刚在那里开了一家分行，风险很大。他是一位优秀的主管，他知道我已经学会了所有东西，现在的问题不过是要保持下去，而雅典娜在其他地方也许能发挥更大的作用。尽管他毫不知情，却帮助我履行了自己的诺言。

我回到伦敦后，立即把这个工作邀请告诉了雅典娜。她当即便接受了，她说自己可以流利地讲阿拉伯语（我知道，因为她父亲是阿拉伯人）。不过我们不打算做阿拉伯人的生意，我们做的是当地外国人的生意。我感谢她的帮助，但她对我在大会上的演讲一点也不好奇，只是问应该在什么时候整理行装。

直到今天，我仍不知道她那个在苏格兰场工作的男友是不是杜撰出来的人物。我想，如果他是真实存在的，那么杀害雅典娜的凶手应该早就被抓获了，我从不相信报纸上关于这个案子的报道。我可以搞清楚金融管理，甚至知道舞蹈可以帮助银行职员更好地工作，但是我永远也搞不明白，为什么这个世界上最好的警察可以让一些罪犯锒铛入狱，却让另一些罪犯逍遥法外。

然而，说这些已经没有用了。

纳比尔·阿拉伊,年龄不详,贝都因人[1]

知道雅典娜把我的相片摆放在她房间里的显著位置,我很开心,但是我并不觉得自己曾教给她什么有用的东西。她来到这里,沙漠的深处,手里牵着一个三岁的孩子,打开包拿出一台录音机,坐在我的帐篷前面。我知道城里人总是对想尝尝当地食物的外国人提起我,因此对她说现在吃晚饭还太早。

"我来是有别的事。"这个女人说,"我从您的侄子哈米德那里知道了您,他是我工作的银行的客户,他说您是一位智者。"

"哈米德不过是个蠢人,尽管他说我是智者,但他再也不能从我这里得到忠告了。智者是先知穆罕默德,求真主赐福于他。"

我指了指她的车。

"你不应该自己开车来一个不熟悉的地方,没有向导的指引,你不该冒这个风险。"

她没有回答我,而是打开了录音机。我看到那个女人在沙丘中起舞,那孩子亦惊亦喜地看着她,音乐仿佛飘荡在整个沙漠里。

---

[1] 生活在阿拉伯半岛和北非沙漠之间的游牧阿拉伯人。——译注

她跳完了,问我是否喜欢。

我说我喜欢。在我们的宗教中,有一种教派通过跳舞去寻找一切赞颂全归万物之主安拉。[①]

"好吧。"那女人接着说,她自称是雅典娜,"从小我便觉得应该接近上帝,最终生活却让我远离了他。音乐是我能找到的一种方法,但并不够。每当跳起舞来,我会看见一束光,现在这束光让我继续前进。我无法继续自学了,需要有人教我。"

"什么都行。"我回答说,"因为仁慈的真主和我们在一起。去过体面的生活吧,这就行了。"

但是那个女人好像不为所动。我告诉她我很忙,得为游客准备晚餐,来这儿的人不多,但可能马上会到。她回答说她等多久都行。

"那个孩子怎么办?"

"您不用担心他。"

我一边像平时一样做着准备工作,一边看着那个女人和她的孩子。这两个人像年纪相近那样。他们在沙漠里跑着,笑着,相互向对方扬沙子,在地上躺着,在沙丘上翻滚。一个导游带了三个德国人来吃饭,他们想喝啤酒,我不得不向他们解释我的宗教不允许饮用酒精饮料。我邀请那个女人和她的孩子一起共进晚餐。女人突如其来的现身令其中一位德国客人非常亢奋。他说他在考虑买地,他有很多钱,而且相信这个地区的前景。

"非常好,"这是她的回答,"我也相信。"

[①] 该教派为苏菲派。

"我们是否应该换个地方，更深入地讨论可不可能——"

"不，"她打断了他，递给他一张名片，"如果您有兴趣，请到我工作的银行找我。"

当客人散去后，我们坐到了帐篷前。孩子在她的怀里睡熟了，我给他们拿来被褥，然后我们一起看着星空。后来，是她打破了沉寂：

"为什么哈米德说您是位智者？"

"也许是因为我比他更有耐心吧。有段时间，我想把自己的技艺教给他，但是哈米德关心的是怎么挣大钱。今天他应该觉得自己比我睿智得多。他有房子，有轮船，而我却在沙漠深处伺候着为数不多的几个客人。可他不知道，我多么满足于自己在做的事情。"

"他知道这一切，因为他提起您时总是充满敬意。您说的'技艺'是什么意思？"

"我今天看到了你跳舞。我也这样做，只是并非我的身躯在扭动，而是字母在跳舞。"

她很惊讶。

"通过书法寻找每个单词的真实含义，这是我接近一切赞颂全归万物之主安拉的方式。一个简单的字母要求我们赋予它全部力量，好像我们正在镌刻它的含义一样。这样一来，人的灵魂就依附在了写好的经文里，写字人也成了工具，把经文传播到全世界。

"不仅仅是经文，而是所有我们写在纸上的东西，因为画下那些线条的手再现了写字人的灵魂。"

"您能教教我这个吗？"

"首先,我不认为像你这样充满活力的人会有做这种事的耐心。另外,你生活在印刷品的世界,如果让我评论,我觉得你们对印刷出来的东西思考得很少。"

"我想试一试。"

就这样,有六个月的时间,这个我认为活力四射、生机勃勃、不会有片刻安静的女人每周五都来拜访我。她的儿子坐在角落里,手中拿着纸和笔,也在随心所欲地画着真神创造的一切。

我看到了她为保持安静而做出的巨大努力。我问她:"去找另外的乐子,您不觉得更好吗?"

她回答说:"我需要这个,需要让内心平静,现在我还没有学会您教给我的东西。顶点的光告诉我应该继续前进。"

我从来没有问过她什么是顶点。我对此毫无兴趣。

第一课或许是最艰难的一课,这就是:

耐心!

书写并不只是表达思想,还要将每个词的意义再现出来。一开始的时候,我们一起书写了一位阿拉伯诗人的作品,我不认为《古兰经》适用于她,因为另外一种信仰曾深深地影响过她。我一个字母接一个字母地念,这样她才会集中注意力,而不去想单词、句子和诗的含义。

"一次,一个人对我说上帝创造了音乐,人类必须通过快速的运动才能与自己沟通。"一天下午,雅典娜这样说,"这几年里,我感觉到这是对的。现在,我被迫做着世界上最难的事情——放慢自己的脚步。为什么耐心如此重要呢?"

"因为耐心让我们集中注意力。"

"但是我跳舞的时候只需要听从自己的内心,它让我全神贯注于某种比我更强大的力量,并使我与上帝相连接——不知道我是否可以用这个词。它帮助我改变了很多,甚至改变了我的工作。难道内心不是更重要的吗?"

"当然了。但如果你的内心能与你的头脑沟通,可以改变的还会更多。"

我们继续一起写字。我知道在某个时刻,必须说些她可能还没有准备好倾听的话语,因为我希望利用每一分每一秒去锻炼她的精神。我告诉她,在词语之前存在着思想,思想之前则存在着神圣的火花,是它将思想摆在了那个位置上。在这个世界上,一切的存在都是有意义的,细微之物也值得我们思索。

"从前,我训练自己的身躯,让它可以彻底表达我内心的感觉。"她说。

"现在,去训练你的手指,让它可以彻底表达你身躯的感觉。这样,那些属于你的巨大的力量才会积聚起来。"

"您真是位导师。"

"什么是导师?我告诉你,那些能教点东西的人不能算是导师,能激励学生更好地去发现已知的事物的人才是导师。"

我预感到雅典娜已经体验到了这一点,尽管她还非常年轻。字迹可以透露书写者的性格,我发现她知道自己被人爱着,不仅她的孩子爱她,她的家人也很爱她,最后,还会有个男人爱她。我看出她具有神秘的禀赋,但是我不想把这些说出来,因为这些天赋让她与上帝相遇,最终也让她失去了他。

我不仅仅在技巧上训练她,更希望教会她书法的哲学。

"这支正在书写诗行的笔不过是一个工具。它没有意识,只能按着握笔人的意愿行事。这和被我们称为'生活'的东西相似。很多人来到世上只不过为了填满那一张纸,他们不知道一只无形的手在指引着他们。

"在这一刻,在你的手中,在这支写下每一个字母的笔中,你内心的愿望就在这里。你要明白它有多么重要。"

"我明白,我觉得最重要的是保持一种优雅的姿态。因为您要求我坐在某个位置,尊敬所使用的材料,只有做到了这些,一切才有价值。"

的确如此,她发现如果想学会写字,在尊敬手中之笔的同时,也必须拥有庄严和优雅。这庄严来自内心深处。

"优雅不是肤浅的东西,而是人们尊重生命、尊重工作的方式。因此,如果你感觉这个姿势让你难受,千万不要觉得它虚假或者矫情:正因为它很艰难,它才是真实的。无论是纸还是笔都会为你的努力感到骄傲。纸不再仅仅是那个无色的平面,而具有了所承载的东西的深度。

"只有具有优雅的姿态,书写才会变得完美。生活也是如此——在摆脱一切冗余之后,人们才会发现简朴与投入,姿势越简单朴素,实际上越美丽优雅,尽管最开始的时候会非常难受。"

有的时候,她会谈起自己的工作。她说她对工作很有热情,说她刚刚得到一位有权有势的埃米尔[①]提议的工作机会。他去银行

---

① 阿拉伯国家的贵族头衔。——编注

拜访一位身为主管的朋友（埃米尔不需要亲自前往银行取钱，有很多人为他做这些事情），和她谈话的时候，他提到想物色一个人帮他处理土地买卖事宜，问她是否对这个工作感兴趣。

谁会买沙漠里的土地呢？或者说，谁会对一个并非位于世界中心的港口感兴趣呢？我想了想，还是不评论的好，现在回头看看，我很高兴自己当时保持了沉默。

唯一的一次，她向我提起了一个男人的爱。总有游人来我这里吃饭，看到她之后，千方百计地勾引她。正常情况下，雅典娜并不厌烦，直到有一天，一个男人暗示说认识她的男友。她变得脸色苍白，立即看了看身边的孩子，好在他没有注意到他们的对话。

"你在哪儿认识他的？"

"我开玩笑呢。"那个男人说，"我只是想看看你是不是单身。"

她什么都没有说，但是我明白了她生命里的那个男人不是孩子的父亲。

一天，她比平常来得早一些。她告诉我自己已经从银行辞职，开始卖地了，这样可以有更多的自由时间。我对她说，我没法在约定的时间之前教她，因为我有很多事情要做。

"我可以把两件事情合并在一起：运动和安静，快乐和投入。"

她走向车子，拿出了录音机。从此以后，开始学习前，雅典娜都会先跳一段舞，此时她的儿子在她身边跑着，笑着。然后她再坐下来练习书法，她的手比平时更稳了。

"有这样两种书写，"我对她说，"第一种写得很准确，但是不带感情，如果是这种情况，尽管书法家的技巧很好，他也仅仅把这当成职业，因此他不会进步，只会重复，也不会有成长。有一天,他会彻底放弃练字,因为他觉得一切都只是成规。

"第二种是用技巧和感情去写。这样的话,书写者的愿望需要与写下的那个词相匹配。那些最凄惨的诗句不再只是穿着悲伤的外衣,而是成了我们平常遭遇的简单事实。"

"你会拿你的画去做什么呢?"她儿子用流利的阿拉伯语问道,尽管他不太明白我们说的是什么,却以最大的努力参与妈妈的工作。

"我会卖掉它们。"

"我也能卖我画的画吗?"

"你肯定要卖你的画。这样一来有一天你会变得富有,就能帮到你妈妈了。"

听到我的话,他很开心,又埋头创作自己的画,画的是一只彩色的蝴蝶。

"我能拿我写的东西做什么?"雅典娜问。

"你知道的,用正确的姿势坐在这里,平静自己的内心,弄清自己的想法,一个字母一个字母地练习,这是多么不容易的事情!你要做的只是继续练习。

"练习很长一段时间之后,我们不会再去考虑那些必要的动作,它们成了我们自身存在的一部分。不过在达到这种境界之前,你需要不断地练习,不断地重复。而且,光这样还不够,你需要永远重复下去,永远练习下去。

"你看铁匠打铁,在外行看来,他不过是重复地抡锤子而已。

"但是,了解书法的内行知道每一次举起又放下锤子,敲击的强度都是不同的。手部的动作是相同的,但是每当锤子落下的时候,他知道自己需要敲得重一点还是轻一点。这就是重复:看起来尽管一模一样,实际上却大不相同。

"总有那么一天,你不会去考虑你正在做的事情,因为那没有必要。你自己成了字母、墨水、笔和词。"

一年以后,这一天到来了。这时,雅典娜已经成了迪拜的知名人士,她介绍客人来我的帐篷吃晚饭,从他们的对话中,我了解到她的事业进行得很顺利:她卖的可是沙漠中的土地!一天晚上,在众人的簇拥下,埃米尔本人来到了我的帐篷。我很害怕,因为我根本没做任何准备,但是他安慰了我,并且感谢我为他的女职员所做的一切。

"她非常出色,而且把自己的才能归结于您教给她的东西。我在考虑让您接触接触社会。也许我该派些其他的土地经纪人来您这里学书法,尤其是现在,因为雅典娜要休一个月的假。"

"别这样做。"我说,"书法不过是一切赞颂全归万物之主安拉放在我们面前的一种方法。他教给我们客观与耐心,尊敬和优雅,但是我们可以通过——"

"跳舞来学习。"雅典娜抢着说,她就站在我的身边。

"或者通过卖地。"我补充说。

所有的人都已散去,孩子躺在帐篷的一角,他困得眼睛都睁不开了。我拿来写字的东西让她练字。她写到一半,我夺过了她手中的笔。应该说出我必须说的话了。我建议我们一起出去走走。

"你已经学会了想学的东西,"我说,"你的书法越来越个人化,越来越自然。它不是再对美的重复,而是个人的创造。你明白了那些伟大的画家才明白的道理:如果想忘掉规则,需要先了解并重复规则。

"你不再需要引导你学习的工具了。你不再需要纸张与笔墨，因为道路本身比引领你走上那条路的事物更加重要。记得有一次，你曾对我说过，那个教你跳舞的男人不但想象出了舞蹈的音乐，连那些必要的节奏也都能准确地复述出来。"

"正是这样。"

"如果字都挨在一起，那就没有意义了，或者是会让你的理解变得混乱：它们之间需要留有余地。"

她点点头表示同意。

"而且，尽管你可以控制字，却没法控制空白。当注意力集中的时候，你手下的状态是完美的。但是当你写完一个字要写另一个的时候，你的手就迷失了。"

"您怎么知道这些的？"

"我说得对吗？"

"您说得对。在集中精力开始写下一个字的瞬间，我会感到迷失。我不愿去想的那些东西在干扰我。"

"你知道那是什么。"

雅典娜知道，但是她没有说话。她回到帐篷，把睡着的孩子抱在怀里。她的眼睛里都是泪水，只是使劲忍着不哭出来。

"埃米尔说你要去休假。"

她打开车门，插上钥匙，开动了车辆。发动机的声音打破了沙漠的寂静。

"我知道您说的是什么。"她最后说，"当我写字和跳舞的时候，我被那只创造了一切的手指引着。当我看到维奥雷尔熟睡的时候，我明白,他知道自己是我和他父亲爱情的结晶,尽管他已经一年多没有见过父亲了。但是我……"

她重新陷入了沉默。这沉默就是字与字之间的空白。

"但是我还不认识那只第一次哄我入睡的手,那只为我写下世界这本书的手。"

我只能点点头表示赞同。

"您觉得这些重要吗?"

"不是任何时候都重要,但是你的情况不同,如果你不接触那只手,就不能完善你的书法。"

"我觉得没有必要找到那个不肯爱我的人。"

她关上车门,微笑着说,然后开动了汽车。尽管她这样说,我却知道这将是她的下一步计划。

萨米拉·卡利尔,雅典娜的母亲

她的职业抱负,她的赚钱能力,她找到新感情的快乐,她与我的外孙一起玩耍的满足,这一切仿佛都被她抛在了脑后。当莎琳告诉我要去寻找自己的生母时,我感觉到的只有恐惧。

开始的时候,我还用这样的想法安慰自己:那个收养中心早就不存在了,资料也早就消失了,工作人员态度粗暴,而政府又刚刚倒台,她根本没法前往那个国家。或许那个把她带到这个世界上的子宫的主人早就去了另一个世界。不过这只是一瞬间的安慰,我的女儿什么都能做成,她能使不可能变得可能。

直到那一刻,这个话题依然是我们家中的禁忌。莎琳知道自己是被收养的,因为贝鲁特那位心理医生建议我,在她到能理解这一切的年纪时告诉她事实。但是,她从来没有对自己来自哪个地区表示过好奇,她的家在贝鲁特,当那个地方还是我们的家的时候。

我一位朋友收养的儿子自杀了,因为他新添了一个妹妹。他只有十六岁!我们避免增加家庭人口,做了所有该做的牺牲,希望她能明白她是我快乐和悲伤的唯一理由,她是我的爱、我的希望。即便如此,依旧无济于事,上帝呀,孩子们为什么都这样忘恩负义!

我了解自己的女儿,知道我不应该和她纠缠这个问题。我和我的丈夫整整一个星期无法入睡,每个早晨,每个下午,我们都被同样一个问题折磨着:"我出生在罗马尼亚的哪个城市?"维奥雷尔在哭,好像他明白发生了什么,这使得气氛更紧张了。

我决定再找一位心理医生。我想问他,为什么一个拥有了一切的女孩还如此不满足?

"我们所有人都想知道自己是从哪里来的。"他说,"从哲学层面来说,这是人类的一个基本问题。至于您女儿的情况,她想找到自己的根,我认为这很正常。难道您不好奇吗?"

不,我不好奇。正好相反,我觉得去寻找那个人是危险的事,因为在我还没有力量存活的时候,她便拒绝了我,抛弃了我。

心理医生却很坚持:

"与其和她对抗,不如去帮助她。也许当她看到这个问题不是出自您身上的时候,自己便会放弃。这一年她独自生活,远离所有的朋友,可能会造成情感的缺失,现在她通过这些微不足道的挑衅来试图弥补缺失。她只是想确定自己是被爱着的。"

莎琳应该自己来看病,这样医生才能明白到底是什么原因导致她做出这些行为。

"您要表现出信任,不要把这看成威胁。如果最终她依然希望去做这件事,那您能做的只是给她帮助。我理解的是,她一向是个问题少女,通过这次寻找,她知道了自己的出身,只会变得更加坚强。"

我问医生是否有子女,他说没有,我便明白了他不是给我建议的适当人选。

那天晚上,当我们坐在一起看电视的时候,莎琳又谈起了这个问题:"你们在看什么?"

"新闻。"

"为什么呢?"

"为了知道黎巴嫩的消息。"我的丈夫回答说。

我知道这是个陷阱,但是已经太晚了。莎琳立即占了上风。

"你们对你们出生的地方所发生的事情这么感兴趣!你们现在定居在英格兰,身边有朋友,爸爸在这里挣了很多钱,你们生活得很安全。即便如此,你们依然买黎巴嫩的报纸,不停地换台,直到电视上出现和贝鲁特有关的消息。你们想象着未来,好像它已然发生,而不去理会这场战争其实永远也打不完。

"或者说,如果你们无法和自己的国家取得联系,便会觉得和世界丧失了联系。那么,理解我的想法很难吗?"

"你是我们的女儿。"

"我非常骄傲。我永远是你们两位的女儿。请不要怀疑我的爱,我感激你们所做的一切。我不求别的东西,只不过是想踏上我出生的那块土地。也许还会问问我的生母为什么会抛弃我,或者我只是到那里去看着她的眼睛,什么都不问。如果不这样做,我会认为自己是个胆小鬼,那我就永远不可能理解什么是空白了。"

"空白?"

"我在迪拜的时候学过书法。一有机会,我就跳舞。但是音乐存在是因为停顿存在,句子存在是因为空白存在。当我做事的时候,我感觉自己是完整的,但是没有人能二十四小时都忙忙碌碌。当我停下来的时候，便觉得我缺少了什么。

"你们不止一次说过我是一个天性不安分的人。但并不是我自己选择了这种生活方式，我也希望能坐在这里，安静地看电视。但这是不可能的，我的脑子停不下来。有时候我觉得自己要疯了，我需要不停地跳舞、写字、去卖地、照顾维奥雷尔、阅读眼前的一切。你们觉得这正常吗？"

"也许这就是你的脾气。"

谈话就此结束，和往日一样，维奥雷尔在哭，莎琳沉默不语。我相信孩子们永远不会明白父母为他们做的一切。

然而第二天早上，却是我的丈夫先开了腔：

"前一段时间，就是你还在中东的时候，我想看看有没有回家的可能。我去了我们曾经住过的那条街，房子已经不在了，外国军队依然占领着这个国家，侵略也很频繁，但国家正在重建。我有一种欣喜的感觉，一切重新开始的时候到来了。正是'重新开始'这个词把我拉回到现实中。我已经过了不计后果的年龄，现在想做我习惯做的事。我不需要新的冒险。

"我去找一些老朋友，以前，他们每天下午会和我一起去酒吧，喝上一小杯威士忌。他们中的大多数已经不在了，活着的人抱怨说自己没有安全感。我走在过去常走的路上，感到非常陌生，仿佛我并不属于那里。而且更糟糕的是，我一直梦想着重新回到那里，但是当我真的置身于出生成长的城市，这个梦想却渐渐消散。

"然而这却是必要的。流亡的歌曲依然在我内心深处回响，但是我知道自己再也不会回到黎巴嫩。从某种意义上说，在贝鲁特的那些岁月帮助我更好地理解了现在生活的城市，并让我珍惜在伦敦度过的每一分每一秒。"

"您想和我说什么呢,爸爸?"

"你是对的。也许你应该去了解空白。你出门的时候,我们会帮你照看维奥雷尔。"

他回到房间,再回来的时候,手里拿着一个黄色的公文袋。那里面装着当初收养她的材料。他把公文袋递给莎琳,亲吻了她,然后告诉她,现在可以启程了。

赫伦·瑞恩，记者

一九九〇年的那个上午，在那家旅馆六层的窗口，我能看到的只有政府大楼。人们刚刚在楼顶升起了国旗，就是在这个地方，齐奥塞斯库乘坐直升机逃走了，几个小时后，他被特别军事法庭判处死刑并秘密枪决。那些老房子统统被齐奥塞斯库推倒了，因为他要建立一个可以和华盛顿相提并论的首都。布加勒斯特因此享有了被战争及自然灾害以外的原因破坏得最为严重的城市这一"美誉"。

我刚到的那天，曾和翻译一起在街头散步，但是街上没有什么可看的，只有穷困与混乱，给人一种既没有过去也没有现在，更没有未来的感觉。人们仿佛生活在某种不确定的状态之中，他们不知道自己的国家和世界的其他地方发生了什么。十年之后，当我再次来到这里，再次看到这个浴火重生的国家，我明白了人们可以战胜一切困难——罗马尼亚人民就是最好的例子。

但是那个灰色的上午，在那个死气沉沉的旅馆的灰色大堂里，我担忧的是翻译能否搞到一辆汽车和足够的燃料，这样我才能给BBC的纪录片做最后的准备工作。他迟到了。我心里充满了疑虑：

我是否会被迫回到英格兰,而完不成既定目标?我已经花了不少钱联系历史学家,写作脚本,拍摄访谈,但是电视台在签订最终合约前要求我亲自前往那座城堡,了解实际情况。这次旅行比我想象的要昂贵许多。

我想给女友打个电话,但人们告诉我需要等将近一个小时才能接通电话。我的翻译可能随时会到,我没有什么时间能浪费,便决定不冒这个风险。

我希望找份英语报纸看看,这显然是不可能的。为了减轻自己的焦虑,我开始用不引人注意的方式观察身边那些喝茶的人,他们也许对去年这里发生的一切一无所知:人民的暴动,蒂米什瓦拉城里的市民被冷酷地屠杀,人们和秘密警察在街上展开激战,统治阶级力图维持政权,却绝望地看到权力从他们手中慢慢溜走。我注意到三个美国人,还有一个有意思的女人,她正在读着时尚杂志。还有几个男人围坐在一张桌子旁高谈阔论,但我听不出他们说的是什么语言。

我又站了起来,这已经是第一千次了。我走到门口,想看看翻译是不是来了。这时,她进来了。她看起来二十来岁。[①]她坐下叫了早餐,我注意到她讲的是英语。没有人注意到她的到来,但是那个看时尚杂志的女人停止了阅读。

也许是由于焦虑不堪,或者是这个地方让我觉得十分沮丧,我突然有了接近她的勇气。

"对不起。我不是常常这样。但我觉得早餐是一天中最温馨

[①]雅典娜23岁的时候来到罗马尼亚。

的一餐。"

她笑了,告诉我她的名字。我立即警觉起来——这进展得太容易了,她可能是个妓女。不过她的英语说得实在太好了,而且穿得很朴素。我决定不询问她的情况,而是不停地跟她讲我自己。我注意到那个女人已经不看杂志了,她在注意地听我们的谈话。

"我是一位独立制片人,为伦敦的BBC工作,此刻正在找去特兰西瓦尼亚的方法……"

我看到她的眼睛中有了光芒。

"……好完成一部关于吸血鬼的纪录片。"

我期待着她的反应——我总是能吸引人们的好奇心。但当我向她说明自己的目的时,她却失去了兴趣。

"你坐公共汽车去就行了。"她说,"但是我不认为你能找到你所希望的东西。如果你想更好地了解德拉库拉,还是去读那本书吧,那作家从来没去过那个地方。"

"那你呢?你去过特兰西瓦尼亚吗?"

"我不知道。"

这算不上一个回答。也许是她英语表达的问题,尽管她带着英国口音。

"不过我也去那里。"她接着说,"坐汽车去。"

从她的衣着上,不难判断她不是那种周游世界的探险家。她是个妓女,这种想法一再出现在我的脑海里。也许她是在试图接近我。

"你不想搭车吗?"

"我已经买完车票了。"

我坚持了一下,以为她的拒绝不过是游戏的一部分而已。但是她再次拒绝了,说想一个人旅行。我问她是哪里人,察觉到她犹豫了很久才回答。

"我是特兰西瓦尼亚人,我早就说过了。"

"你没有说清楚。但是,如果你是那儿的人,也许可以帮我找到拍摄地点……"

潜意识中,我觉得应该更多地发掘一下那个地方,尽管她是妓女的想法依然挥之不去,但是我非常希望她能陪我去那里。她礼貌地拒绝了我的邀请。另外那个女人加入了我们的谈话,仿佛想保护她一样,我觉得自己不便再待下去,于是决定离开。

不久之后,翻译气喘吁吁地赶到了。他说已经搞到了我需要的东西,不过价格贵了一点(我已经料到了)。我回到房间,拿起整理好的行李箱,然后钻进一辆要散架的俄国汽车,穿过几乎没有任何车辆的宽阔大街。我发现这辆车子承载了太多的东西:我的小相机、我的财产、我的忧虑、矿泉水、三明治,还有深深地印在我脑海中的一个人的身影。

接下来的几天,我一边写着德拉库拉故事的脚本,一边采访与吸血鬼传说有关的农民和知识分子,但是一无所获,就像我预料的那样。我发现自己想做的并不仅仅是为那家英国电视台拍个纪录片那样简单。我希望再次遇到那个高傲冷漠、自以为是的女孩,在布加勒斯特的那个旅馆,那间咖啡厅,我看到了她。在那一刻,她就应该在那里,在我身边。除了她的名字之外,我对她一无所知。但是正如吸血鬼一样,她忽然出现,然后吸干了

91

我全部的精髓。

  这真是荒谬,真是胡思乱想!我的世界无法接受这个事实,对于和我生活在一起的那些人来说,这同样是无法接受的。

黛德丽·奥尼尔，又名埃达

我不知道她来这里做什么，但无论如何，她应该坚持到底。

她惊讶地看着我。

"你是谁？"

我和她聊起正在看的女性杂志，那个男人不一会儿便起身走了。现在，我可以告诉她我是谁了。

"你想知道我的职业？几年前，我毕业于医学院。不过，我不认为这是你想听到的回答。"

我停顿了一下。

"那么，你下一步应该问一些更精确的问题，这样才能弄清楚我究竟是为了什么才来到这里，来到这个刚刚走出黑暗岁月的国家？"

"那我直截了当地问你：你来这里干什么？"

我可以这样回答：我来是为了参加导师的葬礼，我觉得他够这个资格。但是谈这个话题有些不够谨慎。即便她刚才对吸血鬼没有半点兴趣，"导师"这个词还是会引起她的注意。我曾经发过誓永远不撒谎，因此我选择"半真半假"地回答这个问题：

"我想参观一位叫米尔恰·伊利亚德①的作家的故居,你可能从来没有听过这个名字。伊利亚德一生中大部分日子是在法国度过的,他是……是神秘学方面的专家。"

那个女孩看了看表,极力掩饰着自己的意兴阑珊。

"我说的不是吸血鬼。我说的是人……和你一样踏上了那条路的人。"

她喝着咖啡,突然停了下来。

"你是政府的人?还是我父母派来监视我的?"

这回,轮到我疑虑是否将谈话进行下去了。她没有必要攻击我。但是我可以看到她的痛苦,她的动摇。她很像我,那个和她一样年纪时的我:我当时身心都受了伤,正是在这些伤害的推动下治好患者的肉体,并在精神层面指引他们找到自己的路。我想对她说"你的伤痕会帮助你的,孩子",然后拿着杂志离开。

如果我这么做了,雅典娜的生活也许会不一样,她依然会活着,在她爱的那个人身边照看自己的孩子,看着他长大,结婚,子孙满堂。她会成为一个富有的女人,甚至拥有一家地产公司。她拥有一切,所有的一切来实现自己的成功。她受了很多苦,因此知道如何将这些伤害为己所用,她将战胜焦虑,继续往前走,一切不过是时间问题。

但是为什么我会继续坐在那里和她谈话呢?理由非常简单:好奇。我无法理解为什么那束明亮的光会在那里,会在那个旅馆冰冷的大堂里。

---

①米尔恰·伊利亚德(1907–1986),著名宗教史家。——译注

我继续说了下去：

"米尔恰·伊利亚德写的书名字都很奇怪，比如《巫术和文化思潮》，或者《各个时代的神圣知识》等。我的导师（我不小心说了出来，但是她没听到，要么就是装作没听到）非常喜欢他的书。我的直觉告诉我，你对这个话题很感兴趣。"

她又看了看表。

"我要去锡比乌，"她说，"汽车一个小时之后开，我要去找我的母亲，不知道这是不是你想知道的。我在中东做土地经纪工作，有一个四岁大的儿子。我离婚了，我的父母住在伦敦。当然是我的养父母，因为我小时候被抛弃了。"

她有着极为敏锐的感受力，她已经对我产生了认同感，尽管她自己可能并没有这个意识。

"是的，这正是我想知道的。"

"你需要大老远地来考察一个作家？在你住的地方没有图书馆吗？"

"事实上，那位作家只是在大学毕业前生活在罗马尼亚，因此，如果我想更好地研究他的作品，需要去巴黎、伦敦，或者他逝世的城市——芝加哥。我所做的并不是传统意义上的研究：我想看看他走过的土地，想感受到底是什么原因驱使他写下那些书，影响了我以及我尊敬的那些人的生活。"

"他也写医学书吗？"

最好不要回答这个问题。我发现她注意到了"导师"这个词，但是她把这些和我的职业联系了起来。

这个姑娘站了起来。我想她已经预感到我的用意，我能够看到她的光更亮了。我曾经与不少和我相像的人相处,但是只有和她在一起的时候才有这样的感受力。

"你介意陪我去车站吗?"她问。

我当然不介意。我的飞机半夜才起飞,我得消磨掉这漫长无聊、无穷无尽的一天。至少有人可以和我聊聊天。

她回了房间,回来的时候手里提着行李,脑子里装满了很多问题。我们刚一离开旅馆,她便开始询问。

"也许我再也不会见到你了。"她说,"但是我觉得我们之间有很多相同的地方。因此,既然这是我们在茫茫人世间最后的谈话机会,你介意我直接问你一些问题吗?"

我表示同意。

"你读过那些书,那你相信舞蹈会让人进入迷狂,并让我们看到光吗?这种光没有告诉我们任何东西,只是告诉我们是否快乐,是否悲伤。"

真是个好问题!

"这是毫无疑问的。但不仅是舞蹈,所有能让我们集中意念并且把身体从灵魂中分离出来的东西都可以,比如瑜伽、祈祷,或者佛教的冥想等。"

"或者就像书法。"

"我没有想过这点,但是这也有可能。在那一刻,身体释放了灵魂,它将飘入天堂或沉入地狱,这一切取决于人的精神状态。在这两个地方都可以学到想学的东西:或是毁灭身边的人,或是医治好他们。只是我对这种个人化的道路不再感兴趣,在我的传统中,我需要帮助……你注意听我讲的话了吗?"

"没有。"

我看到她站在路中央,看着一个仿佛被遗弃了的女孩。同时,她的手伸向了皮包。

"不要这样做,"我说,"你看巷子另一头,那里有个不怀好意的女人。她把孩子放在这里,然后……"

"我不介意。"

她掏出一些钱。我抓住她的手。

"我们请她吃点东西。这样更有用。"

我请那个孩子去了酒吧,买了一个三明治递给她。女孩笑了,向我表示感谢。路那头的女人眼睛里仿佛充满了恨意。但是走在我身边的这个女人那双灰色的眸子里,却因为我所做的一切而充满了尊敬。

"你刚才和我说什么?"

"没什么。你知道刚刚发生了什么吗?你进入了同样的迷狂,就像跳舞一样。"

"你错了。"

"我没有错。有一些东西触碰了你的潜意识。也许你想起了自己,如果你没有被收养,就会像她一样沿街乞讨。那一刻,你的脑子停止了转动。你的灵魂离开身体,来到了地狱,在那里遇到了魔鬼,它们曾统治你的过去。因此,你不要去做一些看上去很美好,但实际上没有任何用处的事。就像你处在……"

"字母和字母之间的空白。处在一个音符结束,另外一个音符还没有响起的空当。"

"正是如此。这样的迷狂是危险的。"

我几乎要说，这种迷狂是由恐惧引起的，它使人不能动弹，毫无反应，身体无法应答，灵魂不在那里。如果命运不让你的父母收养你，又会发生什么？你因此感到害怕。

她把行李放在地上，面对面地看着我。

"你是谁？为什么对我说这些？"

"作为医生，我的名字是黛德丽·奥尼尔。很高兴认识你，你叫什么名字？"

"雅典娜，但护照上写的是'莎琳·卡利尔'。"

"谁给你起的这个名字？"

"不是什么重要的人。但我问的不是你的名字，问的是你是谁，你为什么接近我。为什么我也觉得有必要和你交谈。难道是因为刚才那个酒吧里只有我们两个女人吗？我不相信是这个原因——你跟我讲的话对我的生活太重要了。"

她提起行李，向车站走去。

"我也有另外一个名字，埃达。但是它不是碰巧起的，就像我不相信我们是碰巧相遇一样。"

我们面前就是车站的大门，有些人正往里进，还有一些人在往外走，有穿着制服的军人，有农民，还有漂亮的女人，他们的穿着打扮像五十年前一样。

"如果不是碰巧，那你觉得是什么？"

还有半个小时雅典娜的汽车才开，因此我可以明确地回答：是母亲。一些被选中的灵魂会发出奇特的光芒，他们会相遇，而你——雅典娜或者莎琳——就是这样的灵魂之一。但是你需要更加刻苦，那样能量才能够为你所用。

我本可以解释说她已经踏上了一条传统的女巫之路，通过个人的行为，寻找与更高或更低的世界之间的联系，但是这将毁掉她自己的生活，因为她只能给出能量，却无法从周围接受能量。

我也可以解释说尽管道路是个人化的，但是总有那么一个阶段，人们会聚在一起共同庆祝，共同讨论，共同迎接母亲的重生。接触到神的光芒是人能感受到的最大的现实，即便如此，按照我们的传统，这种接触也不可以独自进行，因为千年来的迫害教会了我们很多事情。

"我等车的这段时间，你不想喝杯咖啡吗？"

不，我不想。我想结束谈话，否则会引起误解。

"我生命中有一些很重要的人。"她接着说，"比如我的房东，还有我在迪拜附近的沙漠中认识的书法家。他们教给我太多东西，我真想和他们一起分享，并回报他们。"

那么，她已经有过导师了，这太好了！她的灵魂成熟了。她所需要的不过是继续练习，否则她会失去自己已经获得的一切。我是她命中注定的那个人吗？

在这一瞬间，我乞求母亲给我启示，告诉我该怎样做。我没有收到回答，但对此并不惊奇，因为需要我承担责任做出决定的时候，她总是这样沉默。

我递给她我的名片，同时要了她的联系方式。她给我写下了一个迪拜的地址，我都不知道这个地方在哪儿。

我决定开个玩笑，也想再试探她一下。

"三个英国人在布加勒斯特的一家酒吧里相遇，这算不算巧合呢？"

"我看了你的名片,你是苏格兰人。那个男人好像是在英格兰工作,但是我对他一无所知。"

她深深地吸了一口气。

"而我,我是罗马尼亚人。"

我告诉她,我得回旅馆收拾行李了。

她现在已经知道可以在哪儿找到我。如果她下定了决心,那我们可以很快再见面。最重要的是让命运引导我们的生活,让它来决定什么对我们最好。

沃梭·布萨卢，65岁，饭馆老板

到这里来的这些欧洲人总是觉得自己什么都知道，觉得自己应该得到更好的待遇，觉得自己有权力向我们无休止地发问，而我们必须回答。另外，他们觉得把我们的名字改得更复杂一些，比如"迁徙的民族"或者"罗姆人"，就可以弥补他们过去犯的错了。

为什么他们不继续称我们为"吉卜赛人"？为什么他们不试图否定那些妖魔化我们的传说？他们曾指责我们是一个女人和魔鬼之间不光彩的结合产生的后代。他们说我们中的一个将耶稣基督钉在了十字架上，他们说当我们的篷车经过时，母亲们得留神孩子，因为我们喜欢偷小孩，然后把他们变成奴隶。

正因如此，长久以来，我们的部族惨遭屠杀，我们就像中世纪的女巫一样遭人围剿。几个世纪以来，德国的法庭从来不接受我们的证言。当纳粹的狂风席卷欧洲的时候，我已经出生了，我亲眼看到父亲被送到波兰的一所集中营里，他的衣服被缝上了一个耻辱的黑色三角。那五十万被迫干奴隶的活儿的吉卜赛人中，只有五千人得以幸存下来讲述这段历史。

但是没有人，没有一个人，愿意听人讲这些东西。

这是个被世人遗忘的地方，我们部族绝大部分的人定居于此，直到去年，我们的文化、宗教和语言还是被禁止的。如果你问城里的人吉卜赛人怎么样，他们会不假思索地告诉你："他们都是小偷。"尽管我们真的想过一种正常的生活，放弃永远的奔波，生活在我们能够得到认同的地方，种族主义却总是如影随形。我的儿女们被迫坐在教室的后排，终日遭受同学的辱骂。

然后他们又抱怨说我们不直接回答问题，说我们总是试图伪装，说我们对自己的起源躲躲闪闪。为什么我们要这样做？所有的人都认得出吉卜赛人，所有的人都知道如何在我们"犯罪"的时候保护自己。

这个受过良好教育的女孩来到这里，她笑着对我说她属于我们的文化，我们的部族，我立即戒备起来。她可能是安全部门的人，也就是那位疯狂的独裁者，那位国家元首、伟大领袖以及喀尔巴阡山的天才豢养的秘密警察派来的探子。人们说他已经被审判并被枪毙了，但是我不相信。他的儿子在这个地区依然有势力，尽管此刻他已经失踪了。

那女孩却坚持这样说。她总是笑着，好像她说的一切很好笑一样，她肯定地说她的母亲是吉卜赛人，她希望能找到母亲。她知道母亲的全名。如果没有安全部门的帮助，她怎么能搞到那些资料呢？

最好不要惹恼那些有政府关系的人。我说我什么都不知道，我只是一个想过城市生活的吉卜赛人，但是她依旧坚持，她想见自己的母亲。我知道她说的是谁，我也知道二十年前，那个人有了一个孩子，后来把孩子送到了孤儿院，之后就再没有任何消息了。因为那位自以为是世界之主的铁匠，我们不得不接受她生活在我们中间。但是谁又能保证我面前的这个女孩是莉莉安娜的女儿呢？在找到自己的母亲之前，她首先应学会尊重我们的传统，不能穿着红衣服出门，因为今天不是她的婚礼。她应该穿长点的裙子，这样才能避免男人投来淫荡的目光。也绝对不能像她和我说话这样和我说什么。

我今天讲起她的时候用的是现在时，因为对于我们这些不断迁徙的人来说，时间是不存在的，存在的只有空间。我们来自很远的地方，一些人说是印度，另外一些人说我们的根在埃及，事实是我们承载着过去，仿佛它们发生在现在。迫害依旧在继续。

那姑娘想表现出善意，她表现得了解我们的文化，但是这并不重要。她应该去了解的是我们的风俗。

"我知道在这个城市，您是头人，是部落的首领。在来这里之前，我学了很多我们的历史……"

"不是'我们'的，请不要这样说。是我的，我妻子的，我孩子的，是我的部落的。你是个欧洲人，你从来没有在街上被人扔过石头，就像我五岁的时候所遭的罪。"

"我想情况已经有了好转。"

"有好转，是为了以后更加恶化。"

但是她脸上一直挂着微笑。她要了一杯威士忌，我们的女人可不这么做。

如果她进来不过是为了喝上一杯，或者只是想找人陪陪她，那我可以像招待客人一样招待她。我学过对人优雅，和蔼可亲，时刻关心对方，因为我的买卖就靠着这些。当那些造访饭馆的人想更多地了解吉卜赛人，我就和他们讲讲那些稀奇古怪的事情，让他们听乐团的演奏，再详细介绍两三种我们的文化，那么等他们走的时候，便会觉得自己已经了解了所有的一切。

但是这姑娘不是为了猎奇来到这里，她坚持认为她属于这个部族。

她再一次递给我政府的证明。我认为政府会杀人、抢劫、撒谎，但是不会冒险提供假证明，她的确是莉莉安娜的女儿，因为文件上有她的全名和住址。我从电视上得知，那个喀尔巴阡山的天才、人民的父亲、我们所有人的伟大领袖，那个让我们忍饥挨饿却把东西出口到国外的人，那个在自己的宫殿里使用鎏金餐具而任由人民虚弱而死的人，那个男人和他该死的妻子经常命令秘密警察去孤儿院把婴儿带走，将来训练成国家的杀手。

他们带走男孩，留下了女孩。也许她就是其中的一个女孩。

我重新看了看证明，考虑着是否应该告诉她，她母亲在哪里。莉莉安娜值得遇到这位声称是"我们中的一员"的聪明女孩。莉莉安娜值得面对面地看着这个女孩，我觉得她已经受了该受的罪，因为她背叛了她的民族，和一个"鬼佬"①睡了觉，这让她的国家蒙羞。也许她的苦日子到头了，那个孩子活了下来，挣了很多钱，可以帮助她从困苦中解脱出来。

也许我可以收点信息费。而且，将来我们的部落也能得点好处。因为我们生活在混乱之中，所有的人都说喀尔巴阡山的天才已经死了，甚至还播放了他被处决的画面，但是也许明天他就会

---

①指外国人。

卷土再来,这一切不过是个阴谋,他想试探一下有谁站在他一边,又有谁反对他而已。

一会儿乐队就要演出了,还是谈正事吧。

"我知道她住在哪里。我可以带你去见她。"

现在,我说话的语调和善多了。

"那么,我觉得我的信息能值几个钱。"

"我已经准备好了。"她说着递给我一笔钱,远远超过了我想要的数额。

"这些钱还不够打车去那儿呢。"

"等我到了想去的地方,你还会得到数额相同的钱。"

我感觉到她第一次动摇了,好像不敢继续向前一样。我收起了她放在柜台上的钱。

"明天我带你去见莉莉安娜。"

她的手颤抖着。她又要了一杯威士忌,突然间,一个男人走进了酒吧,他的脸色变了,向她走来。我知道他们两个应该昨天才认识,而今天却像老朋友一样在交谈。他的眼睛渴望着她。她对此了然于胸,因此更加放肆地挑逗他。那个男人要了一瓶红酒,两个人坐在一张桌子前,寻找母亲那件事仿佛被忘在了脑后。

但是我想要另外一半的钱。我送上饮品的时候,问她住在哪个宾馆,告诉她上午十点我将到达那个地方。

赫伦·瑞恩，记者

第一杯酒下肚之后，她告诉我——尽管我根本没问——她有一个男友，在苏格兰场工作。这显然是个谎言。她应该猜透了我的心思，因此想逃离我。

我说我也有个女友，这下我们俩打平了。

十分钟之后，音乐响起来了，她站了起来。我们之间聊得很少，她甚至没问我的吸血鬼调查做得如何，只是说了一些普通的事情，对城市的印象啦，对道路的抱怨啦什么的。但是此后我看到了，或者说饭馆里所有人都看到了一位光芒四射的女神，一位召唤着天使和魔鬼的女祭司。

她的眼睛闭上了，仿佛不知道自己是谁，从何而来，又在这个世间追寻着什么。她舞动着，仿佛追忆着过去，表现着现在，预言并寻找着未来。她身上融合了淫荡与贞洁，色情和启示，对上帝的爱和对自然的爱。

所有的人都不再吃饭了，看着眼前发生的一切。不是她跟着音乐的节拍，而是乐手试图跟上她的舞步。这间位于锡比乌城古老楼房地下室的餐馆仿佛变成了一座埃及神庙，伊西斯的信徒聚集在这里举行仪式，乞求丰收。烤肉和酒的芳香变成了神香，将我们带入迷狂之境，这种体验就像离开人世间，进入另一个不为人知的维度。

管弦乐器早就停了下来，只有鼓点继续响着。雅典娜旁若无人地跳着舞，汗水从她的脸上滴下，她的赤脚使劲敲着木地板。一个女人站起来，把一块手绢轻轻地系在她的脖子和胸脯之间，因为她的衬衫就要从肩膀上滑下去了。不过她好像没有觉察，仿佛身在另外一个星球，她亲身体验了分界线，尽管那些世界与我们的世界几乎相交，却从不把分界线展示在大家面前。

饭馆里的人开始跟着音乐节奏拍起手来，雅典娜从这掌声中获得了能量，她跳得更快了，她转着圈，在虚空中保持着平衡，她把我们这些可怜的凡人可以奉献给至高无上的上帝的一切都夺走了。

突然，她停了下来。其他人也停了下来，打鼓的乐手也不例外。她的眼睛依旧闭着，泪珠从脸上滚落。她张开双手伸向天空，喊道：

"在我死后，请将我站立着掩埋，因为我跪着活完了一生。"

众人鸦雀无声。她睁开了眼睛，好像从梦中醒来。她走回我们这张桌子，似乎什么都没有发生。乐队重新开始演奏，人们双双对对地在舞池里起舞，但是气氛完全变了。后来，客人们付了账，离开了饭馆。

"你还好吗？"我问她，看上去她已经恢复了体力。

"我感到害怕。我知道了怎么去一个地方，而我并不愿意去。"

"你想要我陪你吗？"

她摇头拒绝。但是她问我住在哪个旅馆。我给了她地址。

接下来的日子,我做好了纪录片的准备工作,然后让翻译开着他租来的车回布加勒斯特。此后,我待在锡比乌,只为了能再见她一面。我一向是理智的人,但明白爱情不能仅仅靠发现,还需要经营。我知道如果不能再见到她,我生命中最重要的一部分将被永远留在特兰西瓦尼亚,尽管我后来才意识到这一点。我与无聊和单调作战,打发掉那无休无止的长日。我曾不止一次来到车站,查看开往布加勒斯特的汽车的时刻表,打给 BBC 和女友的电话费远远超出了我作为独立制片人能够承担的预算。我解释说素材还没有准备好,还缺一些东西,也许需要一两天,也许需要一个星期,罗马尼亚人很麻烦,每当有人把美丽的特兰西瓦尼亚和恐怖传说中的德拉库拉联系在一起,他们便暴跳如雷。制片人们仿佛被我说服了,允许我留在那里。

我们住在城里唯一的旅馆里。一天,她出现了,又一次在大堂里看见了我。我们初次相遇的情景仿佛在她的脑海里闪过。这一次她邀请我一起出去散步,我无法抑制自己的快乐。也许在她的生命里,我也是很重要的。

后来,我发现她跳完舞说的那句话是一句古老的吉卜赛谚语。

莉莉安娜，裁缝，姓氏及年龄不详

我说话用现在时，因为对于我们来说，时间并不存在，存在的只有空间而已。因为一切都仿佛发生在昨天。

我生产的时候，我的男人不在场，这是我唯一不能遵守的习俗。但是接生婆来了，尽管她们知道我和"鬼佬"，也就是外国人睡了觉。她们松开我的头发，剪掉脐带，然后打了好几个结递给我。按照传统，我需要用一件父亲的衣服包裹孩子。他只给我留下了一块方巾，让我想起他的味道。有时，我会将方巾放在鼻子下，这样我会感觉他依然在我的身边，而现在，这味道却将永远地消失了。

我用方巾包裹着她，把她放在地上，希望她能够吸收大地的力量。我站在那里，不知道自己该作何感想。我已经下定了决心。

她们对我说让我选个名字，不要告诉其他人，因为只有在孩子受洗后才能宣布她的名字。她们交给我圣油和护身符，让我两个星期后戴在孩子的脖子上。一个女人告诉我不要担忧，整个部落会对这个孩子负责，但我要习惯那些指责，而这一切都会过去的。她们还警告我不要在黎明和黄昏时出去，因为恶灵会攻击和控制我们，从此以后，我们的生活将成为一场悲剧。

一个星期后，当太阳升起的时候，我来到锡比乌的一家收养中心，我想把她放在门口，期望一双仁慈的手将她收养。当我慢慢放下她的时候，一个护士抓住了我，把我带到屋里。她极尽所能地羞辱我，说她们对这种行为早有所准备，一直派人监视着门口，既然我把孩子带到了人世上，便不能如此轻易地摆脱责任。

"当然了，不能指望吉卜赛人还能做什么其他的事情，居然抛弃自己的孩子！"

我被迫填写了那张个人资料卡，由于我不识字，她又重复了一遍："当然了，一个吉卜赛女人。你别想提供假资料骗我，不然我就让你进监狱。"我害怕了，因此说的都是真话。

我看了她最后一眼，我只能这样想："孩子，你还没有名字，会有人爱你的，你的生命中将会有很多爱。"

我离开那里，向森林走去。我走了很久很久，想起了怀孕的那些夜晚，我对这个孩子和把她放在我身体中的男人真是又爱又恨。

像所有的女人一样，我也曾希望遇上自己的白马王子，然后结婚，生很多孩子，细心地呵护家庭。然而和大多数女人一样，我爱上了一个无法给我这一切的男人，但我永远不会忘记和他一起共度的时光。我无法让孩子理解那些时光，她将一生带着耻辱生活在吉卜赛人的部落中，因为她是"鬼妹"，是个没有父亲的孩子。我可以忍耐，但是不想让她经历我从怀孕起便开始承受的痛苦。

我哭着抓伤了自己，以为伤痛也许会让我少想她一点，这样我可以回到现实生活，回到部落的耻辱之中。会有人照顾那孩子的，而我也将活下去，盼望着有一天她长大了，会再见到她。

我坐在地上，抱着一棵树不停地哭。当我的泪水和伤口的血流到树干上的时候，一种奇怪的平静笼罩了我。我仿佛听见一个声音告诉我不要担心，我的泪水和鲜血净化了那孩子的路，也减轻了我的痛苦。从此以后，每当我绝望的时候，都会想起那个声音，然后便会平静下来。

因此，当我看到她和头人一起到来的时候，并没有感到惊讶，头人要了咖啡和饮料，嘲讽地笑着，然后走了。那个声音告诉我她回来了，就站在那里，在我面前。她长得很漂亮，像她的父亲，我不知道她对我的感觉，也许她恨我抛弃了她。我不需要解释为什么那样做，世界上没有一个人能够理解我。

仿佛过了一世，我们两个谁也没有说话，只是看着对方，没有笑容，没有哭泣，什么都没有。爱从我的内心深处喷涌而出，我不知道她是否注意到了我的感受。

"你饿吗？你想不想吃点什么？"

这是本能。无论什么时候，本能都是排在第一位的。她点点头表示同意。我们走进我住的小屋子，这间屋子既是客厅和卧室，又是厨房和工作间。她惊讶地看着这一切，不过我装作什么都没看见。我走到炉子边，端出两只碗来，里面盛着用青菜和肉做的浓汤。我还准备了黑咖啡，想往咖啡里加糖，这时我听到她说：

"不加糖，谢谢。我不知道您会讲英语。"

我想说"这都是因为你父亲的缘故",但还是忍住了。我们安静地吃饭,时间一分一秒地过去,我觉得一切都变得这样熟悉,我和我的女儿坐在一起,她出去旅行了,然后现在回来了,她认识了其他的道路,又回到了家里。我知道这是幻觉,然而生活总是充满了残忍的现实,能做一会儿美梦也不错。

"这个女圣徒是谁?"她指着墙壁上的一幅画问我。

"圣萨拉,吉卜赛人的主保圣人。我很想去看看她在法国的教堂,但是不能离开这里。我弄不到护照和许可,另外……"

我想说"就算弄到了这些东西,我也没有钱去",但是没有说出这句话。她会认为我在向她要钱。

"另外我工作也很忙。"

大家又不说话了。她喝完了汤,点燃了一根烟,从她的目光里,你看不到任何感情,你什么都看不到。

"你想过会见到我吗?"

我回答说是的。我昨天就知道了她曾去过饭馆,这是头人的妻子告诉我的。

"要下暴雨了。你不想睡一小会儿吗?"

"我听不到半点声音,风和之前比起来,不算大也不算小。我想继续聊天。"

"相信我。如果你愿意,我有很多时间,我的余生都可以陪伴在你的身边。"

"您现在可不要这样说。"

"但是你累了。"我装作没有听到她的话,继续劝她。我看到暴风雨就要来了。就像所有的暴风雨一样,这场大雨会造成破坏,但是同时也滋润了土地，而且上天的智慧会同雨水一起降下。就像所有的暴风雨一样，它终将过去。风雨越大，消散得也越快。

感谢上帝，我学会了如何面对风雨。

海中的女神好像听到了我的呼唤，很快，雨点就落在我的铁皮屋顶上。她抽完了烟，我拉着她的手，带她到我的床前。她躺下了，闭上了眼睛。

我不知道她睡了多长时间。我定定地看着她，什么都不想。那天我在树林里听到的那个声音告诉我，现在一切都好了，我不必再担心，命运的转折有时是有益的，如果我们能够破解其中的谜团。我不知道是谁收养了她，教育了她，把她变成了现在这样独立的女性。我为那个让我女儿活下来并过上安逸生活的家庭祈祷。祈祷到一半的时候，我感到嫉妒、绝望和后悔，终于停止了和圣萨拉的交谈。带她回来有那样重要吗？我曾经失去的东西就在那里，而那一切却再也不会回来。

但是我爱情的化身也在那里。我什么都不知道，与此同时，那一切重新浮现在我的眼前，那些场景依然历历在目：我曾经想过自杀，也考虑过流产，我想过离开世界的那个角落，能走多远就走多远，我还记得我的眼泪和血流到树干上的那个时刻，记得我和自然的对话，在那以后，它在我心中的分量越来越重，并且从未抛弃过我，尽管我的部族中知道这件事的人并不多。我的保护人，是他找到了在森林中游荡的我，他完全理解我做的一切，不过，他刚刚去世了。

"光是飘摇不定的，风可以吹灭它，闪电可以点燃它，它并不像太阳一样永远闪耀，但值得为它而抗争。"他说。

他是唯一接受我的人,是他劝服了部落,让我回到他们的世界里。他是唯一一个具有足够的道德权威,使我免受排斥的人。

遗憾的是,这个人却没有来得及认识我的女儿。我为他而哭,这个时候,我的女儿正躺在我的床上,她应该习惯这世上所有的舒适了吧。我有许许多多的问题想问她:她的养父母是谁?住在哪里?她上大学了吗?她爱上了什么人?她有什么计划?可既然我不是那个跋山涉水去寻找她的人,而正好相反,是她找到了我,那么发问的人也不该是我,我只能回答。

她睁开了眼睛。我想摸摸她的头发,给她一点我这些年积攒下的温柔,但是不知道她会有什么反应,我想最好还是要控制住自己。

"你来这里,是想知道我是出于什么原因……"

"不。我不想知道一位母亲抛弃自己孩子的原因,没有任何原因可以这样做。"

她的话刺伤了我的心,我不知道该如何作答。

"我是谁?我的血管里流着谁的血?昨天,当我知道可以和您见面的时候,我感到无比恐惧。我从哪里开始呢?您应该像所有的吉卜赛女人一样,会用扑克牌算命吧,对吗?"

"不对。我们只给外国人算命,这只是谋生的方式。和自己部落的人在一起时,我们不占卜,不看手相,也不算命。你……"

"我是部落的一分子,尽管那个带我到这个世界来的人把我送到了很远的地方。"

"是的。"

"那么,我在这里做什么?我已经看到了您的脸,可以回伦敦了，我的假期快过完了。"

"你想知道谁是你父亲吗？"

"我对这件事一点也不感兴趣。"

突然之间，我知道了怎样可以帮助她。好像有另外一个人在借用我的嘴巴说话：

"你该去了解我的血管和你的心脏中流淌的血。"

这是我的导师在用我的身躯说话。她又闭上了眼睛，接下来的十二个小时，她都在睡觉。

第二天，我带她去锡比乌城郊外，那里有一个住宅博物馆，收集了整个地区的各种房屋。我第一次心怀喜悦地为她准备早餐。她休息得不错，也放松了许多，她问了我许多吉卜赛文化方面的问题，却一点也不想了解我。她也谈了谈自己的生活，我不知道自己居然是外祖母了！但她没有谈到自己的丈夫和养父母。她说她在一个遥远的地方卖土地，不久之后就会回到那里工作。

我对她说我可以教她做护身符，用来驱凶避恶，但是她并不感兴趣。不过，当我聊起周围种的草药时，她却希望我教她如何分辨。我们在花园里散步，我想把自己掌握的知识都教给她，尽管我确信等她回到了故乡——我现在知道了，那是伦敦——会把这一切忘得一干二净。

"不是我们拥有土地，而是土地拥有我们。从前，我们不停地迁徙，身边的一切都是我们的：树木、水，还有我们的篷车经过的风景。我们的法则是自然法则：强者才能存活，而我们这些弱小的人，这些永远的流亡者，学会了隐藏自己的力量，只是在必要的时候才去使用。

"我们相信上帝没有创造世界。上帝就是世界。我们在他之中,他在我们之中。尽管……"

我停了下来,但决定接着说下去,因为这是在纪念我的保护人。

"我认为,我们更应该称呼他为女神,或者大地母亲。不是把自己的孩子丢在孤儿院的女人,而是在我们内心深处的那个女人,那个我们面临危险时挺身而出保护我们的女人。当我们每天怀着爱与快乐做事的时候,当我们懂得一切都不是痛苦,一切不过是对造物主的赞颂的时候,她便在我们身边。"

雅典娜——我现在已经知道了她的名字——的目光移到了花园里的一间房子上。

"那是什么?是教堂吗?"

在她身边的这些时刻让我恢复了力气。我问她是不是想聊些别的,在回答我之前,她思考了一会儿。

"我想继续聊这个话题。不过,我来这里之前读了一些书,您和我讲的这一切和吉卜赛人的传统并不一致。"

"这些是我的保护人教给我的,他知道吉卜赛人不知道的事情,是他强迫部落重新接受了我。在向他学习的过程中,我发现了母亲的力量,尽管我曾拒绝过她的赐福。"

我的手摸着一棵小树。

"如果有一天你的儿子发烧了,把他放在一株新生的植物旁,然后摇它的叶子,高热便会传导到植物上去。在你觉得痛苦的时候,可以这样做。"

"我希望你接着和我讲讲你的保护人。"

"他告诉我,刚开始的时候,造物主是孤身一人。因此他造了另一个人，可以和他聊聊天。后来，这两个人因为爱的行为造出了第三个人。此后，人便成百上千、成千上万地繁衍起来。你刚才问起的那个教堂，我不知道它的起源，对此也不感兴趣。我的教堂是花园、天空、湖水和汇入湖中的溪流。我的亲人不是那些有血缘关系的人，而是那些和我有同样想法的人。我的仪式是与这些人一起为周围的一切欢欣雀跃。你什么时候回家？"

"可能明天，如果不打扰您的话。"

我的心又一次受伤了，可是我什么都不能说。

"你愿意待多久就待多久。我问这个问题，只是因为想和其他人一起庆祝你的到来。如果你同意，我们可以今天晚上庆祝。"

她什么都没说，我明白她同意了。我们回到家里，我做了饭，她说要回到锡比乌的宾馆取几件衣服。等她回来的时候，我把一切都准备好了。我们来到城南的一座小山上，坐在刚点燃的篝火旁。头人说过她是极棒的舞者，但她一直看着，没有参加任何活动。这么多年以来，我第一次如此开心，因为我为自己的女儿举办了这个仪式，我们两个一起来庆祝这个奇迹：我们两个都活着，在大地之母巨大的爱中健康地活着。

后来，她说要回宾馆睡觉。我问她是不是要和我告别，她说不是。第二天她会回来。

整整一周的时间，我和我的女儿分享着对宇宙的爱。一个晚上，她带来一位朋友，但坚持说那不是她的男友，也不是孩子的父亲。那个男人看上去比她大上十岁，他问我这些仪式是献给谁的？我告诉他，我的保护人曾经说过，崇敬一个人是把这个人排除在自己的世界之外。我们并不崇敬什么，我们只是在接近造物主。

"你们祷告吗?"

"对我个人而言,我向圣萨拉祷告。但是在这里,我们是整体的一部分,我们在庆祝,而不是祷告。"

我相信雅典娜为我的回答而骄傲。实际上,我不过是在重复我的保护人的话。

"既然我们可以独自庆祝自己和宇宙的相通,那你们为什么要一起庆祝呢?"

"因为他们是我,我也是他们。"

这时,雅典娜看了看我,我知道这一次是我刺伤了她的心。

"我明天就走了。"她说。

"走之前,来和你的母亲告个别吧。"

这么多天来,我第一次用了这个词。我的声音没有颤抖,我的目光依旧坚定,因为我知道,无论发生了什么,她都是我的血脉,我身上掉下的肉。那一刻,我表现得就像一个小姑娘,她刚刚明白世界并不像大人们教的那样充满恶魔和诅咒,而是充满了爱,无论爱的表现形式如何。爱能够原谅所有的过失,并救赎所有的罪恶。

她抱了我很长时间,然后替我整理了头上的纱巾——尽管我没有丈夫,但是吉卜赛的传统要求我戴上纱巾,因为我不再是处女。对我来说,除了这个曾经与我分隔天涯,让我又怕又爱的人的离去,明天又意味着什么?我是所有的人,所有的人是我,是我的孤独。

第二天,雅典娜来了。她带来一束花,收拾了我的房间,然后对我说我应该戴眼镜,由于长久地做缝纫活,我的眼睛已经不好使了。她问我,那些和我一起庆祝的朋友会不会与部落产生冲突。我说不会的,我的保护人是一个受人尊敬的人,他知道很多我们不知道的东西,在全世界都有学生。我和她说在她到这儿之前,他才刚刚去世。

"一天,一只猫靠近他,碰到了他的身体。对于我们来说,这象征着死亡,所有的人都很不安,不过有一个仪式可以化解这种厄运。

"然而,我的保护人却说他离开的时间到来了。他需要去游览那些他知道确实存在的世界,然后回来,重生为婴儿。不过在那以前,他要先在母亲的怀抱里休息一下。他的葬礼很简朴,是在附近的森林中举行的,但是我看到很多人从四面八方赶来参加了葬礼。"

"这些人中,是不是有个黑发女人,年龄大概三十五岁上下?"

"我记不太清了,可能有。你为什么问这个?"

"我在布加勒斯特的旅馆遇到了一个人,她说来这儿参加一个朋友的葬礼。我记得她提过那是她的'导师'。"

她让我再讲一些吉卜赛人的事情,但是已经没有什么她不知道的了。主要是因为除了传统和习俗之外,我们几乎不了解自己的历史。我建议她将来去法国,到那个叫圣玛丽德拉梅尔的小镇,替我向圣萨拉献上一件披肩。

"我来这里,是因为我感觉生活中缺少了一些东西。我需要填满那些空白。我曾经以为看看你的脸就可以了。但并不是这样,我需要知道我被人爱着。"

"你被大家爱着。"

我停了很久——终于要说出这句话了,从我抛弃她的那一刻起,我就想说这句话。为了不至于太伤感,我接着说:

"我想求你一件事。"

"什么?"

"我想求你原谅我。"

她咬着嘴唇。

"我一直是个不安分的人。我卖力地工作,细心地照看孩子,疯狂地跳舞。我学过书法,上过营销课程,一本接一本地看书。这一切都是为了避免那些无事可做的时刻,因为这些空白带给我一种彻底的空虚感,那里没有哪怕一点爱的痕迹。我的父母为了我什么都可以做,而我却觉得自己不断地让他们失望。

"但是在这里,当我们两个在一起的时候,当我和你一起赞颂着自然和母亲的时候,我感觉那些空白的地方被逐渐填满。它们变成了停顿,就是人们从鼓上抬起手,又没有重重敲下的瞬间。我想我可以走了,我不敢说我会很平静地离开,因为我的生命需要按着已经习惯的那个节奏继续,但至少不是痛苦地离开。所有的吉卜赛人都信奉母亲吗?"

"要是你问这个问题,没有人回答'是'。我们入乡随俗,皈依了定居之地的信仰。不过,吉卜赛人在宗教上唯一的联系是对圣萨拉的崇拜,我们一生中至少要去朝拜一次她的陵墓。她葬在圣玛丽德拉梅尔。有的部落称她为萨拉·卡利,或者黑萨拉。在卢尔德地区,也有人称她为吉卜赛人的圣处女。"

"我会去的,"雅典娜说,"那天你认识的那个朋友会陪我去。"

"他是个好男人。"

"你说话的样子真像位母亲。"

"我是你的母亲。"

"我是你的女儿。"

她拥抱了我,眼睛里再次噙满泪水。我抚摸着她的头发,她就在我的怀里,从命运——或者我的恐惧把我们分开的那天开始,我就一直梦想着这个场面。我让她好好保重,她说自己学到了很多很多。

"你会学到更多东西,因为尽管我们今天被家庭、城市和工作绑住了手脚,但是从前那些颠沛流离的日子,那些篷车经过的风景,那些母亲的殷殷教诲已经融入了我们的血液,这样我们才能生存下去。在这场寻找中,你并不孤独——如果你行差踏错,总会有人帮你改正。"

她哭着拥抱我,几乎求我让她留下来。我暗中求助于我的保护人,请他让我别掉一滴眼泪,因为我要把最好的一面呈现给雅典娜,她的未来在前方。在这里,在特兰西瓦尼亚,她找不到其他东西,除了我的爱。尽管我认为爱足以支撑一切,但是也确信不该让她留在我身边,从而牺牲了光辉的未来。

雅典娜亲吻了我的额头,然后便离开了,甚至没有说一声"再见",也许她觉得有一天会再回来。每个圣诞到来的时候,她都会寄钱给我,我不用干缝纫活也可以过得很好了。但是我从来没有去银行兑换过支票,部落的人都觉得我是个傻女人。

六个月之前,她不再寄钱了。可能是因为她明白了我需要做缝纫活,因为我也需要填满她所说的那些"空白"。

尽管我非常想再见她一次,但知道她再也不会回来了。她现在应该是一位高级主管了吧,和她爱的男人结了婚,我应该有很多外孙,我的血脉得以延续,而我的罪孽也得到了宽恕。

萨米拉·卡利尔，家庭主妇

莎琳走进了家门，她快乐地大喊着，紧紧地抱着维奥雷尔，他被她吓着了。我知道一切比我预想得要好。我想上帝听到了我的祈祷，她已经找到了自己，可以回归正常的生活，养育孩子，重新结婚，把让她又悲又喜的那些焦虑抛在脑后。

"我爱你，妈妈。"

我把她拥入怀中，紧紧地搂着她。我承认，在她出门在外的那些夜晚，我常常会吓醒，因为我觉得她会派人领走维奥雷尔，然后再也不会回来。

吃过饭后，她洗了个澡，然后向我讲述了她和生身母亲的相遇，还有特兰西瓦尼亚的风景（我已经记不清了，那个时候，我们只去了孤儿院）。我问她什么时候返回迪拜。

"下个礼拜。之前我要去苏格兰见一个人。"

"一个男人？"

"一个女人。"她接着说，可能是注意到了我笑容里的狡黠，"我觉得自己有一个使命。赞颂生命和自然的时候，我发现了很多东西，从前却不认为它们真的存在。那些只存在于我的舞蹈中的东西，实际上到处都有。还有一个女人的面容，我见到了她……"

我感到恐惧。我对她说，她的使命是教育孩子，出色地工作，挣更多的钱，然后再婚，崇敬那个我们熟悉的上帝。

但是莎琳没有听我说的话。

"那个晚上，我们一起坐在篝火旁，喝喝酒，谈谈历史，听听音乐。除了饭馆的那次以外，在那里度过的每一天，我都没有跳舞的欲望，仿佛在为其他的事积攒着能量。突然间，我觉得周围的一切都活了，它们跳跃着，我和造物融为一体。篝火的火焰好像变成了一个女人的面容，她充满同情地笑着看着我，我高兴得哭了。"

我打了一个寒战。毫无疑问，这是吉卜赛人的巫术。我不由得想起了当年还在上学的莎琳，她告诉我看到了"一个穿着白衣服的女人"。

"别让这些东西干扰你，这都是魔鬼。我们一直给你树立了好的榜样，难道你就不能过一种正常的生活吗？"

我原以为这趟寻找生母的旅行给她带来了很多好处，现在看来我太着急下结论了。然而，不同于往日的气势汹汹，她微笑着对我说：

"什么是正常？我们的钱足够三代人生活了，爸爸为什么还要操劳呢？他这样一个诚实的男人，他配挣那么多钱，却总是自豪地说自己在操劳？为什么？什么时候才是头呢？"

"因为他想生活得更有尊严。"

"从前我们一起生活的时候，他回到家里，总会问我做没做作业，他会给我举一些例子，证明他的工作对于世界是多么重要，然后打开电视对黎巴嫩局势评论一番。睡觉之前,他还要看一两本技术书。他总是这么忙。

"您也是一样。我总是学校里面穿得最时髦的那个,您带我去宴会,操持家务。您总是很温柔,很有爱心,给我完美无缺的教育。但是现在,您上了年纪。我也长大了,已经独立了,你们该如何打发时间呢?"

"我们会去旅游,环游世界,享用我们应得的休息。"

"为什么你们身体还健康的时候不这么做呢?"

她已经问过我同样的问题了。我觉得我的丈夫需要工作,不是因为钱,而是需要成为一个有用的人,他要证明流亡者同样信守诺言。他休假的时候也会待在城里,时刻准备着去办公室,与朋友们谈话或者做出什么决断。我曾经强迫他和我一起去剧院、电影院和博物馆,我让他做什么他就做什么,但是我总觉得他感到很无聊。他唯一的兴趣是公司、工作和买卖。

生平第一次,我和她像朋友而不是像母女一样交谈,但我尽量用一种事不关己的语气,这样她会更好地理解。

"你是说你的父亲正在寻找填满'空白'的方法吗?"

"等他退休的那天,尽管我相信这一天永远不会到来,他一定会非常沮丧。他会怎样利用这如此难得的自由呢?所有的人都会向他致敬,因为他成功的事业,因为他留给我们的财产,也因为他对公司的贡献。但是没有人能分出时间给他,生活在继续,所有的人都湮没在碌碌的生活之中。爸爸会重新觉得自己是个流亡者,而这一次却没有任何国家给他庇护。"

"你有什么好的想法吗?"

"我只有一个想法：不想让这一切在自己身上发生。我太不安分了。您别误解，我并不是指责你们没做好我的榜样，只是我需要改变。

"迅速地改变。"

黛德丽·奥尼尔，又名埃达

她坐在黑暗中。

她的孩子立即离开了房间——夜晚是恐惧的王国，过去的魔鬼的属地，那里停留着我们如同吉卜赛人、如同我的导师一样颠沛流离的岁月。母亲有一颗慈悲的心，愿他的灵魂被细心地照顾，直到他平安归来。

我熄了灯，雅典娜一时不知道该做些什么。她问我她的孩子去哪儿了，我说不要担心，让我来照顾他。我离开房间，打开电视调到动画频道，放出声音。孩子被深深地吸引，这样一来，这个问题就顺利解决了。我想起了从前的时光，女人们总是带着孩子参加仪式，就像雅典娜将要做的那种，那个时候电视还没被发明出来，她们该怎么办呢？在那儿讲课的人又该怎么做呢？

好吧，那些不是我的问题。

她的儿子在电视机前的感受正是我希望雅典娜去经历的，那一扇门分隔了不同的世界。所有的一切是那样简单，而同时又那样复杂。说它简单，是因为只要改变态度就可以了：我不再去找寻幸福。我从这一刻起开始变得独立，用我自己的而不是别人的眼睛去观察这个世界。我要去寻找冒险一般的生活。

说它复杂，是因为我不再寻找幸福，而人们却一直告诉我这是人生唯一的目的。为什么我不能冒险踏上那条其他人不敢走的路？

总之，什么是幸福呢？

人们说是爱。但是爱从未带来过幸福。恰恰相反，它是痛苦，是战场。无数个不眠之夜，我们问自己这样做是不是正确的。真正的爱来自陶醉与煎熬。

安宁，那么是安宁吗？如果我们看看母亲，会发现她从来没有过安宁：冬天会与夏天交战，太阳和月亮永远不能相会，老虎会吃人，人怕狗叫，狗会去追猫，猫捉老鼠，老鼠会吓唬人。

钱可以带来幸福。好吧，这样那些什么都有的人就不用工作了。但是他们比之前还要不安，他们害怕失去一切。钱可以带来更多的钱，这是事实。贫困会带来不幸，但是反之未必是一样的。

我曾经经年累月地寻找幸福，但是现在要的却只有快乐。快乐就像性爱一样有始有终。我希望愉悦自己，希望高兴起来。至于幸福，我已经不会再坠入这个陷阱。

我和一群人在一起，我想用这个对我们的存在来说至关重要的问题挑衅他们一下，他们都回答说："我很幸福。"

我接着问："难道您不想得到更多，不想让幸福继续增加吗？"所有的人都说："那是当然。"

我坚持说："那么您并不幸福。"然后所有的人都回避了这个问题。

我们还是回到这间房子，雅典娜正坐在这里。黑暗中，她数着我的脚步，接着一根火柴被划着，一根蜡烛被点亮。

"我们被宇宙的愿望包围着。这并不是幸福，而是一个愿望。愿望总是不完满的，如果它们被满足了，那就不是愿望了，对吗？"

"我的儿子在哪里？"

"你的儿子很好，他在看电视。我希望你看这根蜡烛，不要说话，什么都别说。只要相信就行了。"

"相信……"

"我希望你不要讲话。相信，只是相信，不要怀疑。你是活生生的人，这根蜡烛是你的世界里唯一的点。你要相信这一点。忘记道路是到达目的地的必然途径这种观点吧。在这个世界上，我们每走一步都在到达。每天早上，你要重复地说'我到了'，这样你会发现和自己每一天中的每一秒的沟通变得更加容易了。"

我停了一下。

"烛火照亮了你的世界。你问问它：'我是谁？'"

我等了一会儿，然后继续说下去。

"我猜想你的回答会是：我是什么人，我有过这样或者那样的经历。我有一个儿子，在迪拜工作。现在请你接着问蜡烛：'我不是谁？'"

我又等了一会儿，然后又接着说：

"你可能会这样回答：我不是个快乐的人。我不是那种典型的母亲，那种只关心丈夫和孩子，住在一座有花园的房子里，以及夏天去哪里度假的母亲。我猜得对吗？请说话。"

"你猜对了。"

"那我们算找对了路。你和我一样，是个不满足的人。你的

'现实'与别人的'现实'不一样。你害怕你的儿子也走上这条路,是不是这样？"

"是的。"

"即便如此,你却知道自己不可能停止。你在斗争,却无法控制自己的怀疑。你好好地看着这根蜡烛,现在,它就是你的宇宙。它吸引了你的注意力,点亮了你周围的世界。请你深呼吸,尽量往肺里吸气,然后呼出去。这样做五次。"

她照我说的做了。

"这种练习会让你心情平静。现在请记住我说过的话:相信。相信你无所不能,相信你已经到达了想去的地方。我们喝下午茶的时候,你告诉过我,从前你曾经改变你工作的那家银行的职员的行为方式,因为你教会了他们跳舞。但是这并不正确。

"你改变了一切,因为你用舞蹈改变了现实。你相信那个'顶点'的故事,这让我十分好奇,尽管我从来没有听说过。你喜爱舞蹈,相信你做的事。你无法相信自己不喜欢的东西,不是吗？"

雅典娜点点头,表示同意,她的眼睛盯着烛火。

"信仰不是愿望。信仰是意愿。愿望是可以被满足的东西。意愿则是一种力量。意愿改变了我们周围的世界,就像你在银行里曾做过的事情。但是,要想达到这个目标,愿望是必需的。请注意看着蜡烛！

"你的儿子离开这间屋子,去看电视,因为黑暗让他害怕。原因是什么？因为在黑暗中,我们可以投射任何东西,而通常我们投射的是自己的幽灵。不仅是小孩,大人也是一样。请你慢慢地抬起右胳膊。"

她的胳膊慢慢抬高。我要她也抬高左胳膊。她的乳房被我看得一清二楚，比我的漂亮许多。

"可以放下了，慢慢地放下。睁开眼睛深呼吸，我这就去开灯。好了，仪式结束了。我们回客厅吧。"

她艰难地起身，由于我要求她长时间保持一个姿势，她的双腿麻木了。

维奥雷尔睡着了。我关上电视，和她一起来到厨房。

"这个仪式有什么用？"她问。

"只是让你脱离日常现实而已。一切能吸引你注意力的东西都可以，不过我喜欢黑暗和烛火。你问的是我想达到什么目的，对吗？"

雅典娜说，她本该收拾行李回去上班，却抱着孩子坐了整整三个小时的火车来到这里。她在自己的房间里就可以看蜡烛了，根本用不着来苏格兰。

"你需要来这里。"我说，"你需要知道你不是孤身一人，其他人也和你一样，连接着同样的东西。如果你懂得这个道理，就会全心全意地相信。"

"相信什么？"

"你的路没有错。就像我刚才说过的：每一步都是到达。"

"什么路？我本以为去罗马尼亚看到母亲之后，便会找到灵魂的平静，这是我需要的，但是我没有找到。你说的路指的是什么？"

"我对此一无所知。等你开始教课，就会明白了。你回到迪拜之后找个学生吧。"

"教舞蹈或者书法？"

"这两样东西你已经会了。你需要去教那些你还不会的东西。那是母亲希望通过你显示给大家的东西。"

她看着我,觉得我是个疯子。

"就是这个。"我坚持说,"为什么我要你抬起手臂,要你做深呼吸?是为了让你觉得我比你知道得多。但这并不是事实,只是一个谎言,我想让你脱离你熟悉的世界。我不要求你感谢母亲,不要求你说她是多么伟大,不要求你说她的面庞在篝火中若隐若现。我只要求你抬起胳膊,将注意力集中在那根蜡烛上。这是多么荒谬而又徒劳的动作!但这就够了,只要有机会,你就要去尝试那些并不符合我们周围的现实的事情。

"等你开始为你的学生做仪式的时候,你会得到指引。教学就是从那里开始的,我的保护人是这样说的。如果你肯听我的话,那么很好。如果你不想听,那么就让生活按照现在的方式进行下去,直到有一天它撞上一堵名叫'不满'的墙。"

我叫了出租车,和雅典娜聊了一会儿关于男人和时尚的事,之后她走了。我相信她会听我的话,因为她是那种绝不屈服于命运的人。

"教他们变得与众不同。就这样!"我喊道,看着出租车渐渐离我而去。

这就是快乐。幸福是满足于已拥有的东西,比如爱、工作、孩子。但是雅典娜,就像我一样,生来便不能过这样的生活。

赫伦·瑞恩，记者

我当然不承认自己坠入了爱河。我已经有一位女友，她爱我，欣赏我，与我同甘共苦。

锡比乌的相遇以及其后种种不过是旅行中的逸事，我离家在外时也不是第一次发生这种事了。人们在远离自己的世界时总是想冒冒险，因为障碍和偏见都隔得很远。

回到英格兰后，我做的第一件事便是告诉上司，那个德拉库拉的纪录片纯属胡编乱造，那个爱尔兰疯子大笔一挥，便毁掉了特兰西瓦尼亚这个地球上最美丽的地方的形象。几位制片人显然非常不满，但是那时我一点也不在乎他们的看法——我索性不在电视台干了，去了一家世界知名的报社工作。

就在这时，我发现自己很想再见到雅典娜。

我打了电话，希望在她回迪拜前与她一起散散步。她接受了邀请，不过对我说想带着我在伦敦逛逛。

我们坐上了第一辆停下的公交车，问都不问车开往哪里，而是选择了一位恰好在车上的女士，她在哪儿下，我们就在哪儿下。我们在圣殿教堂下了车，碰到一位乞丐，他向我们乞讨，但是我们没有给他钱，而是继续往前走。他在后面骂个不休，但我知道这不过是一种和我们沟通的方式而已。

我们看到有人对电话亭搞破坏，我本来想报警，雅典娜阻止了我：也许他刚刚结束一场恋爱，想发泄一下。或者没有人和他聊天，他也不想别人借助那个电话谈判或者示爱，因为那是对他的侮辱。

她命令我闭上双眼，描述我们穿的衣服，我居然蒙对了一些细节，这真出乎意料。

她问我是否还记得办公桌上的东西。我说桌子上面有些纸，我实在懒得整理。

"你能想象这些纸有生命、有感情、有诉求，它们有可以被讲述的历史吗？我想你没有真正给予过生命它应得的关注。"

我承诺等我明天上班之后，会一张一张地读读那些纸。

一对外国人手里拿着一张地图，问我们怎么去一个旅游景点。雅典娜耐心地为他们指路，但是她指错了。

"你指的方向不对呀。"

"没关系。他们会迷路，但正好可以发现有趣的地方。

"你要努力一点，让一点点的想象进入你的世界。关于我们头上的这片天空，几千年来人们曾经给出过太多合理的解释。忘掉所有和星星有关的知识吧，它们会变成天使，变成小孩，变成此刻你愿意去相信的东西。这不会让你变蠢，它不过是个玩笑，却会丰富你的生活。"

第二天，我上班之后仔细地整理了每一张纸，仿佛这些信息是直接发给了我，而不是我代表的机构一样。中午时分，我与主编谈话，提议写一篇稿子，主题为吉卜赛人尊崇的女神。他们觉得这个主意很好，因此把我派到了吉卜赛人的圣地——圣玛丽德拉梅尔。

难以置信的是，雅典娜居然不想陪我去。她说如果她的男友——那个虚构的警察，不过是她编出来和我保持距离的——知道她陪一个男人旅行的话，会不高兴的。

"但你不是向你的母亲保证过，会给圣萨拉带一件披肩吗？"

"我保证过，如果顺路我就去，但是不顺路。如果我能再待几天，会履行我的诺言的。"

她下个周日要回迪拜，在此之前要和儿子一起去苏格兰，去见那个我们在布加勒斯特见过的女人。我想不起来见过谁，但既然存在着"幽灵男友"，那么或许这个"幽灵女人"也不过是个借口而已。但是我感到嫉妒，因为她宁愿和其他人在一起。

我觉得自己的感觉有点奇怪。报社经济方面的负责人说过，中东发生了地产"爆炸"，如果需要去那里写一篇稿子，我一定好好学习经济、土地、政治和石油方面的知识——这样能让我更接近雅典娜。

圣玛丽德拉梅尔之行造就了一篇极好的文章。传说中，萨拉是生活在这座海边小城的吉卜赛人。一天，耶稣基督的姨妈，马利亚·莎乐美和另外两个流亡者为了躲避罗马人的迫害来到了这里。萨拉帮助了他们，并皈依了天主教。

我参加了节日那天的活动。埋在祭坛下的两位女人的骸骨被从圣骨盒中取出，然后立起来，给吉卜赛人赐福。他们乘着篷车，穿着五颜六色的衣服，弹着乐器唱着歌，从欧洲的四面八方来到这里。然后，萨拉的塑像被从教堂附近的一个地方取出来——这是由于梵蒂冈从来没有给她封圣的缘故。她的身上披着漂亮的披肩，经过铺满玫瑰的小径，被游行的人簇拥着来到海滨。四个身着传统服饰的吉卜赛人把圣人的遗骨放在一艘装满玫瑰的小船上，划进海中，再现了当日三位逃亡者来到这里遇到萨拉的情景。从这一刻起，人们开始歌唱和欢庆，还有人通过斗牛表现自己的勇敢。

一位名叫安东尼·洛卡杜尔的历史学家向我提供了有关这位女性神祇的信息，并帮助我完成了这篇稿子。这篇文章有两页，发表在报纸的旅游副刊上。我把它寄往迪拜。然后，我收到了她友好的回复，她对我的关心表示感谢，却没有对文章发表任何评论。

不过至少我可以确定，她的地址是正确的。

安东尼·洛卡杜尔，74岁，历史学家

很容易把萨拉看成黑圣女中的一员，全世界都可以看到她们的身影。萨拉·卡利[①]，传说她出身高贵，知晓世界上的秘密。我却认为，她不过是大地母亲，或者造物女神的另外一种表现形式而已。

越来越多的人开始对异教教义产生兴趣，我对此毫不奇怪。为什么？因为作为父亲的上帝总是和严厉的形象以及森严的纪律联系在一起。而作为母亲的上帝却正好相反，她把爱置于所有我们知道的禁忌之上。

这种现象并不新鲜：当宗教的戒律日渐严苛之时，不少人希望从精神联系中寻找更多的自由。中世纪时便发生过这样的事情，那时，天主教会只忙于收税和修建奢华的修道院。一种被称为"巫术"的现象便作为这种腐化堕落的反应诞生，尽管若干个世纪以来，它因为自身具有的反叛性质屡屡遭受迫害，但最终还是扎下了根，并存活至今。

---

①意为"黑色的萨拉"。——译注

在异教传统中，对自然的信仰要比对神圣经典的尊崇更重要。女上帝存在于一切之中，一切都是女上帝的一部分。世界不过是她的仁慈的表现。很多哲学学说，比如道教和佛教，消除了创造者和创造之间的差异。人们不再去破解生命之谜，而是成为其中的一部分。尽管道教和佛教中没有女性形象，但是它们的中心原则同样认为一切皆为一体。

在大地母亲这种信仰中，通常我们认为的那种违反绝对道德律条而犯下的"罪"是不存在的。性和传统更为自由，因为它们是自然的一部分，不能被视为恶的果实。

新的异教主义证明了即便没有机构性的宗教，人类也可以生存，而同时，人们继续通过精神探寻来证明自己的存在。如果上帝是位母亲，那么需要一些仪式，比如舞蹈、火焰、水、空气、大地、歌声、音乐、鲜花、美人等来崇拜她，因为这些仪式可以让她女性的心灵得到满足。

最近几年，这种倾向得到了很快的发展。可能我们正处于一个世界历史上至关重要的时刻，精神终于与物质融合，两者相互统一，相互转化。而同时，我猜想，那些有组织的宗教机构面对失去信徒的威胁时，将会产生非常激烈的反应。原教旨主义应该会崛起，并在世界的各个地方拥有势力。

作为历史学家，我喜欢搜集数据来分析这种对抗。这是崇拜的自由性和服从的被迫性之间的对抗，是统治世界的男上帝和作为世界一部分的女上帝之间的对抗，是组成团体并以自然方式去崇拜的人，和组成圈子学着应该做什么不该做什么的人之间的对抗。

我很希望自己成为乐观主义者，人类必将找到通往精神世界的道路，我也很希望能这样认为。但是种种迹象表明，我不该如此乐观：保守派发起了新的迫害，正如过去的很多次一样，它可能扼杀对母亲的崇拜。

安德烈娅·麦肯锡，话剧演员

想要不偏不倚地讲述这个以欣赏开始，以憎恶结束的故事，是件困难的事。但是我会试着讲述，我会真诚地描述我和雅典娜第一次见面的情景，这发生在维多利亚大街的一间寓所中。

她刚从迪拜回来，有了钱，希望与别人分享她所知道的关于魔法方面的知识。这一次，她只在中东停留了四个月。她卖出了两块土地用来修建超市，赚了一笔不小的佣金，她说即便不出去工作，这笔钱也足够养活她和儿子三年了，等她愿意的时候再回来工作。现在应该利用当前的时光，过好剩余的青春岁月，把自己所学的教给其他人。

她接待我的时候并没有表现出多少热情。

"您想干什么？"

"我是搞戏剧的，我们想排演一个与上帝的女性形象有关的戏剧。我从一位记者朋友那里得知你曾经去过沙漠，也去过巴尔干的山区，和吉卜赛人一起生活，对这方面了解得很多。"

"你来到这里学习关于母亲的知识，只是为了演戏？"

"您是为什么而学的呢？"

雅典娜停止了讲话，上下打量着我，然后笑了。

"你是对的。这是我作为导师的第一课——去教想学的人。原因不重要。"

"什么？"

"没什么。"

"戏剧有着神圣的起源。它发源于希腊，是从酒神、重生之神以及丰收之神狄奥尼索斯的颂歌演变而来的。不过人们认为在更早的时代，人类便存在着模仿他人的仪式，以此与神圣世界沟通。"

"第二课，谢谢。"

"我不明白了。我到这里是想学习，而不是来教东西的。"

那个女人开始让我觉得恼火，也许她是在讽刺我。

"我的保护人……"

"保护人？"

"改天我再解释。我的保护人说只有在受到刺激的情况下，才可以学到想学的东西。我从迪拜回来之后，你是第一个向我证明这一切的人。她讲的是对的。"

我告诉她，我为了准备这出戏剧，曾经接连拜访过很多导师。但是他们教的内容没什么特别的，只是我的好奇却随着研究的深入与日俱增。我还说搞这个东西的人看上去都很混乱，而且他们也不清楚自己想要的是什么。

"比如？"

比如性。在我去过的一些地方，性是完全被禁止的。而在另一些地方，性不仅仅是自由的行为，有时候甚至近乎放纵。她要我详细说说，我不明白她这样做是想试探我，还是真的不知道曾发生过什么。

我还没来得及回答她的问题，雅典娜便接着说：

"当你跳舞的时候，会感到性欲吗？你感觉得到一种更加强大的力量被引发出来吗？在你跳舞的时候，有些时候会不会觉得自己已经不是自己了？"

我不知道该说些什么。实际上，在舞会上或者朋友之间的聚会中，舞蹈总会给人带来感官的快乐，我开始勾引男人，看到他们眼中的欲火，我会感到高兴。但是，夜色越是深沉，我便觉得与自己的联系越是紧密，有没有勾引男人倒没有多大区别。

雅典娜接着说下去：

"如果戏剧是仪式，那么舞蹈也是。另外，舞蹈还是我们的祖先接近伴侣的方式。我们与世界其他部分的联系似乎没有受到偏见和惧怕的影响。当你跳舞的时候，你终于可以成为你自己了。"

我开始充满敬意地听她讲话。

"之后，我们又变回了从前的自我。我们是心怀恐惧的人，试图成为比自己认为的更加重要的人。"

这就是我的感觉。难道所有的人都有这种体验吗？

"你有男朋友吗？"

我记得曾经去过一个地方，到那里学习"该亚教精义"，一位巫师要求我当着他的面做爱。这真是荒唐，我吓坏了，这些人怎么能把精神的追寻当成满足自己邪恶愿望的方式？

"你有男朋友吗？"她又问了一次。

"我有。"

雅典娜没有说别的。她只是把手放在嘴上，要我保持肃静。

突然之间，我感觉让我在这个刚刚认识的人面前保持安静非常困难。我总是想说话，聊什么事都行，比如天气、交通问题、好的餐馆等等。我们两个坐在沙发上，她的客厅完全刷成了白色，里面有一台CD机和一个小书架，书架上面摆放着很多音乐碟片。家里见不到书的踪迹，墙壁上也没有画。她刚刚从国外回来，我本以为会在她家里看到和中东有关的物什或纪念品。

但是什么都没有，那儿只有寂静。

她那双灰色的眼睛死死地盯着我的眼睛，但是我保持镇静，没有移开目光。也许这是本能的表现吧。这样便可以告诉别人我们并不害怕，而是勇敢地面对挑战。然而，在一间纯白的安静的屋子里，只听到外面汽车的声音，一切都仿佛变得不真实起来。我们一言不发，不知道过了多久。

我开始浮想联翩。我来这里是为了寻找戏剧素材的吗？还是说，我想找寻的是知识、智慧以及力量？我无法确定到底是什么原因，把我带到了一个……

一个什么？一个女巫？

我少女时代的梦想一下子浮上水面：谁不想遇见一个真正的女巫，跟她学习魔法，让女伴们既尊敬又害怕地看着自己呢？又有谁不曾在年轻的时候，为许多个世纪以来妇女所受的压迫鸣不平，认为这是拯救自己已丧失的身份的最好方式呢？尽管我已经过了那个阶段，现在是位独立女性，我喜欢戏剧这个竞争激烈的行业，那为什么我却永远不知满足，总是需要去试探自己的……好奇呢？

我们应该一样大……或者我更年长一些？难道她也有一个男

朋友？

雅典娜向我靠近。现在我和她之间的距离还不到一条胳膊的长度那么远，我觉得有点害怕。她该不会是同性恋吧？

我没有移开目光，我知道门在哪里，紧急情况下可以破门而出。没有人逼我来这里，我却遇到了这个从来没有见过的人，在这儿浪费着时间，一句话也不能说，什么都没学到。她的目的到底是什么？

也许是因为寂静吧，我的肌肉开始紧张。我觉得自己孤身一人，无依无靠。我迫切地需要交谈，或者不再让大脑不断地提醒我受到了威胁。我怎么才能知道自己是谁？我们是谁，取决于我们说什么！

她不问我的生活？她想知道我有没有男朋友，对吗？我想谈谈我的戏剧，然而无法开口。还有我听过的那些故事，她有吉卜赛人的血统，还去过特兰西瓦尼亚，那个吸血鬼的故乡，这都是真的吗？

我的脑子停不下来了：这次咨询要花多少钱？我很害怕，应该之前就问好的。会需要很多钱吗？如果不需要我付钱，这是不是她设下的陷阱，最后会彻底毁了我呢？

我感觉有种力量在推动我站起来，向她表示感谢，说我来这里不是为了体验寂静的。要是你去看心理医生，你也得说话；去教堂，也要听布道；想体验魔法，那么导师也会向你解释世界是什么样子的，然后教给你一系列仪式。但是这寂静为什么让我如此不安？

问题一个接着一个地涌现，我简直无法停止思考，想弄清楚为什么我们两个会待在那里，并且一言不发。漫长的五分钟或者十分钟之后，她突然对我笑了。

我也笑了，然后放松下来。

"你会变得不同以往。只是这样而已。"

"只是这样而已？体验寂静就能变得不同以往？我知道在这一刻，在伦敦有千万个灵魂，它们疯狂地想找人交谈，而你却觉得寂静可以导致变化？"

"你现在正在说话，正在重新整理你的世界，你会说服自己：你是对的，我是错的。你看到了，沉浸在寂静中真的让你变得不一样了。"

"真让人莫名其妙。你什么都没教我。"

她似乎对我的反应无动于衷。

"你在演什么剧？"

她终于对我的生活产生兴趣了。我再次拥有了条件，成了一个人，一个拥有职业、拥有一切的人。我邀请她观看那时我们正在上演的一出戏剧，这是我唯一的报复方式。我可以向雅典娜表明，她做不到的事情，我却有能力做到。刚才那阵寂静让我有种被侮辱的感觉。

她问是否可以带她的儿子一起去看，我回答说不行，只有成人才可以。

"好吧，我会让我的母亲照看他。我已经很长时间没有看过话剧了。"

她没收咨询费。我见到剧团的其他成员后，向他们讲述了我和这个神秘女人的会面。他们非常好奇，想认识她，因为她居然在第一次见面的时候就要求别人体验寂静。

到了约定好的日子，雅典娜来了。她看了演出，来到化妆间问候我，但没有告诉我是不是喜欢这出话剧。同事建议我邀请她去一家酒吧，我们演出结束后总是去那里。在酒吧，这一次她没有体验安静，而是谈到了我们第一次见面时她避而不答的那个问题：

"没有任何人——甚至包括母亲在内——希望性的行为仅仅是为了快乐。爱也需要体现在内。你曾经说以前遇上过那种人，是吗？你得注意一点。"

我的朋友们什么都听不懂，但是他们喜欢这个主题，所以开始用问题轰炸她。有一点让我很不安：她的回答太学术化了，好像她没有太多亲身经验一样。她谈起引诱，谈起丰收仪式，最后谈到了一个希腊神话，我断定这是因为我们第一次见面的时候，我跟她提过这个故事。她应该整整一个星期都在读这方面的书吧。

"男性统治了几千年之后，我们又回到了信仰'母亲'的时代。希腊人称她为'该亚'，神话说她是从混沌中产生的。爱神厄洛斯和她一起出世，之后出现了海和天空。"

"谁是父亲呢？"我的一位同事问道。

"没有父亲。有一个专业术语叫作孤雌生殖，意思是不需要雄性介入就具有繁殖后代的能力。另外还有一个相关的神秘术语，这个我们倒是经常听到，就是圣灵感孕。

"所有的神祇都起源于该亚，他们在希腊这块极乐天堂之地上繁衍生息。但是，在城市里，男人组成了最主要的政治势力，当他们的作用得到确认后，该亚便被彻底遗忘了，代之以朱庇特①、马尔斯②、阿波罗③、萨杜恩④,他们都十分强大,却不像母亲那样能给人带来极大的快乐。"

之后,她问了我们很多问题,都与我们的工作相关。团长问她能不能给我们上课。

"教授什么呢?"

"教给我们你知道的一切。"

"说实话,我是这个星期才读了戏剧起源的资料。我需要的时候便会学到东西,这是埃达告诉我的。"

我的猜想被证实了。

"但是我可以和你们分享生活教给我的其他东西。"

所有的人都同意了。没有一个人问谁是埃达。

---

①罗马神话中的主神,即希腊神话中的宙斯。
②希腊罗马神话中的战神。
③希腊罗马神话中的太阳神。
④罗马神话中主神朱庇特的父亲,掌管农业。——以上均为译注

黛德丽·奥尼尔，又名埃达

我这样告诉雅典娜：不必浪费时间来我这里问这种无聊的事情。既然一群人想接受你为老师，那为什么不借着这个机会成为导师呢？

去做我曾经做过的那些事情吧。

即便你觉得自己是地球上的最后一个人，也要快乐起来。不要觉得自己不好：让母亲占有你的身体和灵魂，任由舞蹈、寂静，或者其他日常活动，比如送孩子上学、准备晚餐、操持家务等引导着你。如果你可以把注意力集中在现在这一刻，那么一切都可以变成崇敬。

不要尝试在任何事情上说服别人。如果你不清楚某件事，那么可以去问别人或者自己去弄明白。不过你这样做的时候，应该像一条河一样安静地流淌，投入一种更强大的力量的怀抱。要去相信，这正是我们初次见面的时候我对你说的话。

你要相信自己无所不能。

开始的时候，你会有些迷惑，有些不自信。然后，你会认为所有的人都将有上当受骗的感觉。但是事实并非如此：你其实什么都知道，只是需要自己感悟而已。在这个星球上，所有的人都更容易相信不好的暗示，他们害怕疾病和侵略，害怕抢劫和死亡。试着把失去的快乐还给他们吧。

你要保持清醒。

你要重新计划生命中的每一分钟，因为你希望将它们拉长。当你发怒、当你困惑的时候，那就去嘲笑自己吧。大声地笑，使劲地笑，笑这个心事重重、万分痛苦的女人，她居然认为自己的麻烦是世界上最重要的事。去嘲笑这个悲惨的局面吧，你是母亲的体现，但是你依然相信上帝是男人，一个浑身是规则的男人。实际上，我们大多数的困惑可以归结为下面的原因——对规则的亦步亦趋。

你要集中意念。

如果你觉得无论什么事都不能激发兴趣，那就把意念集中在呼吸上吧。母亲的光就像一条河流，通过你的鼻子，进入你的身体。听听心脏的跳动，任由无法控制的思想引导着你，压制住你想站起来去做一些"有用"的事的愿望。你每天可以有几分钟什么都不做，只是干坐着，要尽量利用好这些时刻。

洗碗的时候，请祷告吧。毕竟你还有碗可以洗，所以应该表示感谢，这意味着曾经有过食物，曾经有人吃过饭，你曾经满腔柔情地照顾过一个或几个人——为他做饭，为他摆餐具。想想吧，就在此时此刻，仍有成千上万的人没有碗可以洗，也没有人会为他摆好餐具。

不可避免地，有些女人会说，我不洗碗，男人们应该洗碗。他们如果愿意，当然可以洗碗，但是你不能把这看成平等的条件。

从事简单的工作没什么不对的,不过,如果我明天发表一篇文章,表明我的态度,她们会说我反对女权事业。

这简直是无稽之谈!就像洗碗,穿胸罩,有人替你开门或关门是对女性的侮辱一样荒谬!实际上,如果一个男人为我开门,我会很开心,这表面上是说"她需要我为她做这件事情,因为她是弱者",而我的内心却这样认为:"我被当成女神一样对待,我是女王。"

我在这里不是为了捍卫女权,因为无论男人还是女人都是母亲的体现,这神圣的统一。没有人可以超越这个身份。

我喜欢看你把自身所学教给别人。生命的目的就在于揭示。你成了一道沟渠,听着自己的声音,为自己的无所不能感到震惊。还记得你在银行的成就吗?那是在你的身体、你的眼睛、你的手之间游走的能量,可能你自己并不明白。

你可能会说:"不是这样的,是舞蹈造成的。"

舞蹈不过是一种仪式。什么是仪式?就是把单调变成了一种与以往不同的、富有节奏的、可以通灵的东西。因此我坚持认为,洗碗也会不一样。尽管节奏相同,你手上却并不一定总是重复着同一个动作。

如果你觉得有用,可以把它形象化,花儿啊,鸟儿啊,森林里的树啊,别只想象个体,就像你第一次来我家看见的蜡烛那样,尽量去想象群体。你知道你能觉察到什么吗?你无法决定自己的思想。

我举个鸟儿的例子,你想象一下,一群鸟儿飞过,你见到了几只?十一只?十九只?还是五只?你只是有个印象,但并不知道具体数量。那么，这种印象又从何而来呢？是有人把它放在了那里。那个人知道鸟儿、花儿、树木、石头的具体数量。就在那一瞬间，那个人主宰了你，显示了自己的力量。

你相信自己是什么，就会成为什么。

不要像有些人一样，需要正面的心理暗示，到处说自己很坚强，很能干，有人爱。你不用说，因为你知道自己就是如此。如果你感到困惑，请按照我的建议去做。我认为在修行的这个阶段，你会产生很多疑惑。与其费力证明自己比想象中更好，不如大笑一场。笑你的忧心忡忡，笑你的患得患失，用幽默化解痛苦。开头会很艰难，但是不久之后，你就会习惯这样做。

现在请回去吧，去找那些认为你知道一切的人。你要相信他们是对的，因为我们所有人都知道一切，只是相信与否的问题。

要去相信。

我们第一次在布加勒斯特相遇时，我便告诉过你群体的重要性。因为群体强迫我们变得更好，如果独自一人，你能做的只是笑笑自己而已，但是，如果你和别人在一起，你会大笑并立即采取行动。群体挑战着我们。群体让我们选择相似的人。群体能产生一种集体能量，迷狂会变得更加容易，因为人们会相互感染。

不可否认的是，群体也可以毁掉我们。但是这是生活的一部分，人类存在的前提便是与其他人共同生活。如果人们不能很好地发展自己的生存本能，那么也根本不会理解母亲的话。

姑娘，你运气真好。一个群体要求你讲课，你将成为导师。

赫伦·瑞恩，记者

雅典娜和演员第一次见面之前，来到了我家。自从我发表了那篇关于萨拉的文章后，她便觉得我了解了她的世界。这并不完全正确。我唯一的兴趣是吸引她的注意。某种无形的现实也许会影响我们的生活。尽管我已经试着接受这个观点，但是，我那样做只是因为爱，我还没有接受它，它却来势汹汹，摧枯拉朽。

我很满意自己的世界，也不想做任何改变，尽管我已经身不由己。

"我很害怕，"她走进我家，对我说，"但是我需要继续前进，按照他们的要求去做。我需要相信。"

"你的生活经历很丰富。你曾经向吉卜赛人，向沙漠中的苦修者学习过，你还向……"

"其实并不是这样。学习是什么？是知识的积累，还是生活的改变？"

我建议她那天晚上和我共进晚餐，然后去跳舞。她接受了晚餐的邀请，但是拒绝了跳舞。

"请回答我，"她环顾我的家，不依不饶地问道，"学习是把书摆在书架上,还是摆脱所有无用的束缚,然后轻装上路?"

那里的书是我花费巨资买下的,我又花了不少心思去阅读和思索。其中有我的品格,我的成长,是我真正的导师。

"那儿得有多少本书?一千多本?我猜是这样。不过大部分书不会再被翻开了。你还留着它们,因为你不相信。"

"我不相信?"

"你不相信,就是这样。相信的人会像我一样,当安德烈娅问到我的时候,才去读戏剧方面的书,然后任由母亲通过你发言。在她发言的时候,你会有所发现。而在发现之后,你会填满空白,作家们故意留下了这些空白,因为他们想让读者发挥想象。当你填满了空白,你才会相信自己的能力。

"多少人想读这里的书,但没钱去买?而你保留着这股停滞的能量,只不过在朋友来访时炫耀一番。又或者是因为你并不相信自己已经从书中学到了很多,而是觉得需要不时重新翻看一下?"

我觉得她对我越发严厉了,这却让我神魂颠倒。

"你觉得我不需要这个图书室吗?"

"我认为你需要读书,但是不必留着所有的东西。我们现在走出家门,在吃晚饭之前把这些书分给路人吧,不知道我的要求是不是太过分?"

"我的车装不下这些书。"

"我们租一辆卡车。"

"这样的话,我们没法准时去吃晚饭了。另外,你来我这里,是因为你感到不安,不是来告诉我该怎么处理藏书的。没有了书,我会觉得自己什么都没有了。"

"无知,你指的是这个。"

"没有文化,如果非要找一个适当的词的话。"

"那么,你的文化并不在你的心里,而是在家中的书架上。"

够了!我拿起电话预订了桌子,说我们将在十五分钟后到。由于不安,雅典娜来到了这里,而她现在却想逃离这个话题,因此她选择挑起战争,而不是审视自己。她需要一个男人的陪伴,她是在试探我,看我能做到什么程度?她玩这套女人的把戏,只是为了看看我有没有准备好为她付出?上帝才知道!

每一次陪伴在她身边,我便好像有了存在的合理性。这是她想听的吗?那么,好,我会在晚饭的时候告诉她。我什么都可以做,甚至甩掉身边的女人,但是我不会把书分给别人,不会。

坐在出租车里,我们再一次谈到了与话剧演员见面的事情,其实那个时候,我准备说些从前不曾讲过的东西,那就是爱。对我而言,爱是最复杂的东西,比马克思、荣格、英国工党或者平日在报社遇到的问题都要复杂。

"你不用担心。"我说,我很想握住她的手,"你会做得很好的。你可以谈谈书法,谈谈舞蹈,谈你会的东西。"

"如果这样做,我就不可能发现自己不会什么了。站在那里的时候,我要让自己的大脑静下来,让我的心去讲。但是这是我第一次讲课,我很害怕。"

"你想让我和你一起去吗?"

她当时便接受了。我们来到餐馆,点了一瓶红酒,然后开始喝酒。我喝酒是因为需要勇气,然后说出自己的感受,尽管我爱上了一个还不太熟悉的人,这让我觉得有点荒谬。她也喝酒,是因为她要去讲自己不知道的东西，因此感到害怕。

第二杯酒下肚，我觉察到她的神经就要崩溃了。我想握住她的手，但是她轻轻地拒绝了。

"我不能害怕。"

"你当然可以，雅典娜。很多时候我也觉得害怕。即便如此，在需要的时候我还是会面对一切，毫不退缩。"

我觉得我的神经也要崩溃了。我再一次倒满了杯子。服务生总是过来问我们吃些什么，我告诉他稍后再点。

我强迫自己说话，想起什么就说什么。雅典娜礼貌地听着，但是她好像身在一个遥远的地方，一个黑暗的宇宙、幽灵的世界。后来，我又一次提起了那个苏格兰女人和她说过的话。我问她，教别人自己不知道的东西有什么样的意义。

"有人教过你去爱吗？"这便是她的回答。

难道她读懂了我的想法？

"即便是这样，你依然有能力去爱，就像所有人一样。你是怎么学的？你没有学——你相信。你相信，所以才去爱。"

"雅典娜……"

我犹豫了，可还是把话说完了，尽管我原本想说点别的。

"……也许我们该叫点吃的了。"

我注意到自己还没准备好说那些话，因为我的世界会天翻地覆。我叫服务生过来，让他给我们上开胃菜，很多的开胃菜，主菜，再加一瓶红酒。时间越长越好。

"你真奇怪，是因为我对书的评论吗？你按自己的想法去做吧。我不想改变你的世界。你并不需要我指手画脚，我不会多管闲事了。"

"改变我的世界"这句话让我思索了一阵子。

"雅典娜,你听我说……或者说,我得告诉你一件事,那一次在锡比乌的酒吧,吉卜赛的音乐……"

"你说的是那家餐厅?"

"是的,那家餐厅。今天我们谈到了书,书籍日积月累,占据了空间。可能你是对的。那天我看见你跳舞,之后便有种愿望想表达出来。它压抑在我心里,越来越沉重。"

"我不明白你在说什么。"

"你当然明白。我说的是爱,我发现自己爱上了你,而且我已经做了最大的努力,希望把它消灭于无形,而不是表现出来。我希望你能接受。这一点点发自我内心的东西却不属于我。它也不完全属于你,因为我的生命里已经有了别人,但是如果你能接受,无论用什么方法,我都会感到非常高兴。

"你的故乡有一位阿拉伯诗人,名字叫纪伯伦[①],他说:'别人请求,我们给予,这是美好;别人没有请求,我们贡献所有,这样更加美妙。'如果今天没有说这番话,我将继续只是一位看客,而不是活生生的人。"

我长长地呼出了一口气,红酒帮助我释放了自己。

她喝干了杯中酒,我也照着做了。服务生端来了食物,向我们介绍每道菜,告诉我们配料和烹制方法。我们两个目不转睛地看着对方。安德烈娅对我说过,在她们初次见面的时候,雅典娜

---

①纪伯伦(1883–1931),黎巴嫩诗人、散文作家、画家。——译注

就是这样做的,她认为这是一种拉近双方距离的方式。

这寂静让人害怕。我本以为她会起身,告诉我她已经有了位在苏格兰场工作的男友,那个著名的隐形人,或者说我的恭维让她心花怒放,但是都没有,她只是担心第二天的课程。

"是否有一样东西,值得我们长久保存?我们拥有的一切,某一天终将献给他人。树木奉献自己,是为了继续生存,因为不肯给予就会灭亡。"

她的声音很轻,而且因为酒精略有些停顿,但还是盖过了我们身边的喧嚣。

"还有什么德行比这更大,那接受的勇气、信心,乃至慈悲?你施与财物时,你所施甚少。你施与自己时,才是真的施与。"[①]

她说这句话时,脸上一丝笑容都没有。我觉得与自己交谈的这个女人真是难以捉摸。

"这也是你刚才提到的诗人的话。我上学的时候学的,但是我不需要印着这首诗的书,因为我把他的话记在了心里。"

她又喝了一点酒。我也喝了一点。现在,我不该追问她是否接受我的爱。我感到十分轻松。

"也许你说得对。我会把书捐给一家公共图书馆,只保留那些会重新去读的书。"

"你现在要说的就是这个吗?"

"不是,我只是不知道如何把谈话进行下去。"

"好吧,我们吃饭,品尝美食。这个主意怎么样?"

[①] 出自纪伯伦诗作《先知》中的《施与》。——编注

这个主意不怎么样。我想听到其他的东西。但是我害怕提问，所以只能接着聊图书馆，聊书和诗人，我强迫自己说话，真后悔点了太多的食物，此刻我只想落荒而逃，因为实在不知如何继续。

最后，她让我保证一定会去剧院听她第一次讲课，对我来说，这是一个暗示。她需要我，在特兰西瓦尼亚的那家餐馆第一次看到她跳舞的时候，我便懵懂地希望这样对待她，而她终于接受了。只是到了那个晚上我才明白而已。

或者是相信了，就像雅典娜所说的那样。

安德烈娅·麦肯锡，演员

我真的错了。如果不是因为我，雅典娜那天早上便不会来剧院，她便不会召集所有的人，让我们躺在舞台上，让我们完全放松，放松我们的呼吸，放松身体的每一寸意识。

"现在放松髋部……"

我们所有人都照做了，仿佛在我们面前的是一位女神，她知道我们不知道的事，尽管我们已经这样做过上百遍。"现在放松面部，深呼吸"，这句话之后会是什么呢？我们每个人都很好奇。

难道她竟以为她教给我们的是什么新鲜的玩意儿吗？我们期待的是一场讲座！一场演讲！我需要控制自己，来回想下当时发生了些什么，我们放松意识，等待寂静的到来，这让我们完全无所适从。后来，我和几位同事交换过意见，在练习结束之后，每个人都有这样的感觉。现在应该坐起来，环顾一下左右，不过没有人这样做。大家依旧躺在地上，被迫进入冥想状态，不过短短的十五分钟，却仿佛没完没了。

这时，她的声音重新在耳边响起。

"刚才的那段时间,让你们对我产生了质疑。你们中间有些人表现出了不耐烦。不过,我现在只要你们做一件事:当我数到三的时候,请大家起立,你们会变得不同。

"我并不是说,你们会变成另外一个人,变成动物或是房子什么的。那是你们在戏剧课上学的,请不要那样做,因为我不是让你们演戏,不是让你们施展才华。我命令你们不要再做人,而是变成一个你们并不知道的东西。"

我们闭着眼睛躺在地板上,不知道其他人作何反应。雅典娜用这种不确定耍弄着我们。

"我再说几句,我会用形象下命令。你们要记住,你们中了概念的毒,如果我说'目标',你可能会联想到自己未来的生活。如果我说'红色',你们也许会给我一些心理分析学的解释。这不是我想要的。我说过,我要你们变得不同。"

她无法清楚地解释她到底要什么。没有人抱怨,我认为这是因为大家都很有涵养的缘故。不过,我觉得在这次"讲座"之后,他们再也不会邀请雅典娜。他们甚至会说我实在是太天真了,因为我竟然找到了她。

"就是这个词,神圣。"

我不想继续心烦意乱,因此决定参加这个游戏:我联想到了我的母亲,我的男友,我将来的孩子,我光明的未来。

"做一个代表'神圣'的动作。"

我双手交叉,放在胸前,好像正在拥抱自己的爱人。后来我知道几乎所有人都交叉了双手,有一个女孩则分开双腿,好像做爱一样。

"现在接着放松。忘记一切,眼睛不要睁开。我不想批评什么,不过,从你们的动作中,我看得出你们这样做,是因为觉得它神圣。我要的不是这个,在我说下一个词的时候,你们不要按照它在这个世界上的表现去下定义,而是要打开你们的通道,让这种现实的毒药远离你们。你们要变得抽象,这样才能进入我引导的世界。"

她的话很有威严,我甚至感觉到这个地方的能量发生了变化。现在,那个声音知道把我们引导到哪里。她是导师,不是来做讲座的。

"大地。"她说。

突然,我明白了她的话。这次我的想象不再发号施令,而是任凭我的身体接触大地。我就是大地。

"做一个代表'大地'的动作。"

我没动。我就是舞台,我就是土地。

"非常好,"她说,"没有人动弹。大家第一次感受到同样的情感,你们不再描述,而是变成了观念。"

之后,她再一次沉默了,我猜想这次差不多有五分钟。这寂静使我们迷失,是她不知道如何继续,还是不了解我们工作的快节奏?我们无从得知。

"我要说第三个词了。"

她顿了一下。

"中心。"

我觉得——这是一种无意识的动作——所有能量涌向肚脐,像一束黄光一般明亮。这让我害怕,如果有人碰一碰它,我就会死去。

"代表'中心'的动作!"

命令下达了。我立即把手放在肚子上,想保护自己。

"很好,"雅典娜说,"你们可以起来了。"

我睁开双眼,注意到舞台上方的灯光,它们是如此遥远,如此黯淡!我揉揉脸,从地上站起来,发现我的同事们都现出吃惊的样子。

"这就是讲座吗?"团长问。

"你可以称它为讲座。"

"感谢您的到来。对不起,我们现在要排练了。"

"但我还没有讲完呢。"

"我们下次再安排。"

团长的反应让大家很惊讶。最开始的时候,我们的确疑虑过,不过,我想我们现在开始有点喜欢了。这确实不同寻常,不是扮演人或事物,不是想象苹果和蜡烛等的样子,也不是大家手拉着手围成圈,假装参加一个神圣的仪式。这确实荒诞不经,我们想知道它的目的是什么。

雅典娜弯腰拾起自己的皮包,她一点情绪都没有流露。就在这时,我们听到一个声音从观众席那边传来:

"太棒了!"

赫伦是和她一起来的。团长害怕他,因为他认识报社搞戏剧评论的同事,而且他在媒体的人脉很广。

"你们不再是人,而是成为了观念!没想到你们这么忙,这实在是太遗憾了!不过,雅典娜,别担心,我们再找另外一群人,我想看你怎样讲完这些课。我有很多的关系。"

我还记得那束光芒,它游走于我的全身,最后集中在肚脐。这个女人是谁?我的同事们难道也有同样的体验吗?

"等一下,"团长说,他看见我们一脸惊讶地站在旁边,"你们是想推迟排练,还是……"

"千万别。因为我现在得赶回报社,我要写写这个女人。你们该做什么就做什么。我刚刚发现了一个好题材。"

雅典娜好像被这两个男人的争论弄懵了,但她依旧什么情绪都没有流露。她走下舞台,来到赫伦身边。我们转头看着团长,询问他为什么会有这种反应。

"我很尊重安德烈娅,但我得说,上次我们在酒吧里对性的讨论比今天的课强得多。今天她让我们做的事实在太无聊了。你们注意到她动不动就不说话吗?那是因为她不知该怎么继续下去!"

"但是我的感觉很奇怪,"一位年长一些的男演员说,"她说'中心'时,我觉得我的能量都集中在肚脐上。我以前从来没有过这种体验。"

"你……确定吗?"一位女演员问道,从她的语气中可以感觉到她也有这种体验。

"那个女人简直就是个女巫!"团长打断了对话,"我们回去工作吧。"

我们开始压腿、热身和沉思,一切都按照计划来。接着,我们修改了一下剧本,然后便开始阅读新剧本。一会儿工夫,雅典娜的形象便被驱赶得无影无踪,一切回到了从前。戏剧是几千年前希腊人发明的仪式,在戏剧中,我们习惯假扮成不同的人。

但这只是表演,雅典娜却是真的不一样,我希望再次见到她,尤其在团长为她下了那样的结论之后。

赫伦·瑞恩，记者

虽然我并不自知，却和演员们同样做完了所有的步骤，她下达的每一个口令我都照做不误，唯一的不同是我的眼睛一直睁着，这样才能看清楚舞台上发生的事。她发出"代表中心的动作"的指令时，我把手放在了肚子上。我看到所有的人包括团长，都把手放在了肚子上，这真出乎我的意料。这到底是怎么一回事呢？

那天下午，我需要写一篇极其无聊的文章，是关于一位国家元首访问英国的，那真是对耐心的一场考验。我电话打累了，想消遣一下，所以问编辑部的同事，如果我说"中心"，他们会做什么样的动作。大多数人拿政党开着玩笑。一个同事指了指地球仪的中点，另一个人把手放在了心脏那儿。没有人，没有一个人认为肚脐可以成为中心。

那天下午，终于有个人和我谈话的时候告诉了我一些有趣的事情。我回到家，安德烈娅已经洗完了澡，放好了桌子，等着我一起吃晚饭。她开了一瓶昂贵的红酒，倒了两杯，递给我一杯。

"昨天的晚餐如何？"

一个男人究竟能在谎言中生活多长时间？我不想失去面前的

这个女人,在我最困难的时候,她曾陪我一起度过;在我觉得生活毫无意义的时候,她也没有离开过我。我爱她,然而这是一个疯狂的世界,我们在其中泅游而不自知,我的心渐渐离她远去,追寻着一些它并不了解的东西,但是我的心做不到的是,宽广到容纳两个女人。

我从来不会因小失大,因此轻描淡写地说了说餐馆的故事。反正什么都没发生,我们只是交流了一位诗人的诗作而已,他曾经因为爱而备受煎熬。

"雅典娜不是个好相处的人。"

安德烈娅笑了。

"正因如此,你们男人才对她感兴趣。她激起了你们的保护欲,你们的这种能力越来越用不上了。"

最好还是换个话题。我总觉得女人们有种超能力,总是可以猜透男人的心事。她们都是女巫。

"今天在剧院发生的事,我正在收集相关的资料。你可能不知道,但是整场练习中我的眼睛是睁着的。"

"你总是目光如炬,我想这是你的职业要求。你想告诉我我们的动作都一样,是吗?我们排练完去了酒吧,谈过这个话题了。"

"一位历史学家告诉我,希腊有一座神庙,那是人们预测未来的地方,①那儿有一块大理石,名字就叫'肚脐'。古时候传说那里是地球的中心。我去报社的档案室查找了一些资料,在约旦的佩特拉有一个锥形的'肚脐',不仅象征着地球,还象征着宇宙

---

①指德尔斐。德尔斐为阿波罗的神庙。

的中心。无论是德尔斐也好,佩特拉也好,都是以这种可见的方式展示了某种只存在于'无形的位面'上的东西,并最终展现出世界能量传递的轴线。耶路撒冷也被称为世界的肚脐,太平洋上有个岛也是这样,还有另外一个地方,名字我忘记了,因为我从来没把这两样东西联系起来想。"

"舞蹈!"

"你说什么?"

"没什么。"

"我知道你说的是什么,你说的是东方的肚皮舞,据说这是最古老的舞蹈,跳舞的时候一切都绕着肚脐转动。我本来想回避这个话题,因为我告诉过你在特兰西瓦尼亚看过雅典娜跳舞。她穿着衣服,不过……"

"不过动作也是从肚脐开始的,然后蔓延到全身。"

她说得对。

最好再换个话题,我们谈谈戏剧,谈谈报社发生的无聊小事,喝点小酒,然后上床。外面在下雨,我们在做爱。高潮的那一刻,我突然发现安德烈娅的身躯正绕着肚脐扭动,我已经看过上百次了,但是从来没有注意过。

安东尼·洛卡杜尔,历史学家

赫伦开始往法国打电话,他真的下了血本。他求我在周末之前帮他搜集好所有的资料。他对这个肚脐的故事非常执着,而我却觉得这是世上最无趣最缺少罗曼蒂克的故事。归根究底,英国人和法国人看问题的角度不一样。于是我没多问问题,只是试着找出科学的解释。

不过,我发现自己的历史知识不够用了,尽管我可以说出一个古迹在哪儿,另外一个石柱又在哪儿,但奇怪的是古代文化在主题上有着一致性,他们用同样的词汇命名那些神圣之所。我以前从未注意过这点,现在却觉得很有意思。我实在看到了太多的巧合,于是想找一些人的行为及其信仰方面的东西,来加以补充印证。

第一个解释听起来合情合理,不过后来却被我否定了。有人说这是因为如果没有脐带,我们早就饿死了。一个心理学家后来对我说这个理论一点道理都没有:人总是想"切断"脐带,这样大脑和心灵才能成为更加重要的象征。

我们对一件事情产生兴趣的时候,周围的一切都仿佛和它有关。(神秘主义者称之为"象征",怀疑论者称之为"巧合",而心理学家则称之为"聚焦",不过我需要下个定义,就像历史学家处理这类问题时一样。)一天晚上,我那个正处在青春期的女儿回到家里,她穿了脐环。

"你为什么这么做?"

"因为我喜欢。"

真是自然而又真实的解释。对于我这个喜欢为一切找个理由的历史学家来说也是如此。我走进她的房间,看到墙上贴了一幅她最喜欢的女歌手的海报,歌手的肚子露在外面,肚脐仿佛是世界的中心。

我打电话给赫伦,问他为什么会对这个东西如此感兴趣。他第一次向我讲述了剧院中发生的一切,面对着一个指令,人们做出了自然而又出人意料的反应。从我女儿那里,我算是得不到什么信息了,我决定去咨询专家。

没有人重视过这个问题,直到我遇到了弗朗索瓦·舍普拉,一位印度的心理学家[1],他正对治疗方法的现实应用进行变革。他认为,那种通过回到童年来治疗创伤的方法并不会让人真的如愿以偿,很多问题当时得到了解决,过后又会卷土重来。一些成人会再次把失败和挫折归罪于父母。舍普拉当时与法国心理分析协会鏖战正酣,现在我们讨论点荒谬的东西——比如肚脐,可以让他放松一下。

他对这个题目很有热情,但是没有立刻展开探讨。他说他最

---

[1] 应这位科学家的要求,对其名字和国籍做了必要改动。

尊敬的心理学家之一，瑞士的卡尔·古斯塔夫·荣格认为，我们所有的人都啜饮着同一眼泉水。这眼泉水名叫"世界的心灵"，尽管我们试图成为独立的个体，但是我们的一部分记忆是相同的。大家都在追寻着美丽、舞蹈、神性和音乐的典范。

社会负责将这些典范贯彻于真实的生活。比如今天美的典范是消瘦，而在几千年前，女神的形象却都很丰腴。同样，幸福也是如此，世间存在着一系列规则，如果你不遵守某些规则，那么你的意识便不会认为你是幸福的。

荣格将个体化过程分为四个阶段：第一个阶段是人格面具，我们每天都戴着面具，把自己伪装起来。我们相信世界因为我们而存在。我们是好父母，而孩子却不理解我们。我们的老板不够公平。人类的梦想是从不工作，整日玩乐。很多人会觉得这里面有问题，但是他们不想改变，不久便将这个念头忘在脑后。很多人想弄明白究竟出了什么问题，这样他们便会遭遇阴影。

阴影是我们黑暗的一面，它下达命令，我们必须听从。当我们想摆脱人格面具的时候，有一束光会在我们体内点亮，让我们看到了蜘蛛结网，看到怯懦，还有吝啬。阴影阻碍我们的进步，一般情况下它总会得逞，而我们急忙逃跑，又做回了原来怀疑过的自己。然而，有一些人会在这场与自我的蜘蛛网进行的战役中幸存，他们会说："是的，我有一些缺陷，但我是有尊严的，我会继续前进。"

这时，阴影消失了，我们接触到了心灵。

荣格没有为心灵下宗教性的定义。他说应该回到那个世界的心灵，即知识的源泉。直觉会变得更加敏锐，情感会更加激烈，生命的象征变得比理智更重要，感知现实也不再困难重重。我们开始与不习惯的事物斗争，以一种不曾设想的方式产生反应。

我们发现，如果可以引导这种连续喷涌的能量，我们可以将它变成一个坚固的中心，荣格把男性的中心称为"智慧老人"，把女性的中心称为"大地母亲"。

这样的表达有点危险。一般来说，当人们做到这一点时，就会认为自己是圣徒，是灵魂的驯化师以及先知。只有足够成熟的人才能接触到"智慧老人"或"大地母亲"的能量。

"荣格疯了，"在向我解释了这位瑞士心理学家定义的四个阶段后，我的朋友这样说，"在接触到'智慧老人'之后，他说自己开始受到一位叫'斐乐蒙'的灵体的引导。"

"那么终于……"

"终于说到了肚脐这个象征。不仅仅是人，甚至社会都是由这四个步骤构成的。西方文明首先戴着人格面具，这便是指引我们的观念。

"在尝试变化时，便遭遇了阴影。看看民众示威就知道了，集体的能量可以朝好的方面发展，也可以朝坏的方面发展。突然，人格面具和阴影无法满足人类了，那么飞跃的时刻便来临，出现一种下意识地与灵魂发生的联系。新的价值观也从这个时候开始出现。"

"我注意到了这一点。我发现信仰女性上帝的风潮再一次出现了。"

"好例子！在这个过程的最后阶段，为了让新的价值观得以扎根，人类开始接触象征，这是新的一代在使用密码语言学习祖先的知识。这种新生的象征之一便是肚脐。印度的创造与毁灭之神毗湿奴的肚脐里，端坐着一位掌管轮回的神。瑜伽修行者认为这里是能量的中心，是身体神圣的一点。原始部落总是把圣殿修在他们觉得是世界肚脐的地方。在南美洲，进入迷狂之境的人说人的真实形象是一个发光的蛋，通过肚脐中长出的丝线，他们得以同其他人相连。"

"曼荼罗，激励冥想的绘画，也是这种象征的表现。"

还不到约定的日子，我便把所有资料寄往了英格兰。我说那个可以让整个群体产生同样反应的女人应该有着巨大的能力，就算属于超能力，我也毫不惊奇。我建议他近距离地研究这个女人。

我以前从没想过这个话题，希望尽快将它遗忘。女儿说我的举止很奇怪：我只想着自己，而且总是看自己的肚脐！

黛德丽·奥尼尔,又名埃达

"太糟糕了!你怎么能让我觉得我会教课呢?为什么让我当众受辱?我得忘记你这个人。当别人教我跳舞的时候,我便会跳了。当别人教我写字的时候,我便会写了。但是你太坏了,你让我尝试我没有能力做的事情。就为了这个,我坐上火车,就为了这个,我来到这里,我要让你看看我有多恨你!"

她不停地哭。幸好她把孩子交给外祖父母照顾了,她高声嚷嚷着,呼吸中有一股……酒味。我恳求她进来,在我家门口吵吵嚷嚷显然不会让我有什么好名声,本来我的名声就够糟糕了,因为人们说我用撒旦的名义招引男男女女,在家里举办性爱派对。

但是她还站在那里,还在哭喊着:

"都是你的错!你羞辱了我!"

一扇窗户开了,接着另一扇也打开了。好吧,准备改变世界轴线的人也应该准备理解邻居,他们不会总是对你满意。我走近雅典娜,做了她希望我做的事——拥抱了她。

她靠在我的肩头,不停地哭。我小心翼翼地扶着她走上几级台阶,然后走进家门。我给她沏了一杯茶,这茶的配方是我的保护人教给我的,是我的不传之秘。我把茶放在她面前,她一口气就喝光了。她这样做,说明她对我的信任从未改变。

"为什么我会这样?"她问。

我知道她的酒劲已经消了。

"有男人爱我。我有个儿子,他也爱我,把我看成生活的榜样。我的养父母视我如同己出,他们肯为我付出生命。我找到了自己的生母,填满了过去的空白。我也有钱,不出去工作也够三年的开销,只要享受生命就行。但是我不快乐!

"我觉得自己很不幸,有一种负罪感。上帝赐福于我,给了我悲伤让我战胜,给了我奇迹让我膜拜,但是我从来都不快乐!我总是想要得到更多。我不该去剧院,这样就不会在自己的成功名单上加上一条失败的记录。"

"你觉得你做错了吗?"

她停下来,吃惊地看着我。

"为什么你这样问?"

我只是等着她的回答。

"我没有做错。我和一个记者到了那里,我一点也不知道该怎么做。突然之间,好像从虚无中产生一样,很多东西涌了进来。我感觉到大地母亲的存在,她就在我的身边,引导着我,教导着我,她让我的声音中传达出一种确定,这是我根本没有的东西。"

"那你还在抱怨什么?"

"因为没有人能懂!"

"这重要吗?就像你跑到苏格兰当众辱骂我一样重要?"

"当然重要了。如果你有能力做这一切,如果你知道自己做了正确的事情，为什么不能因此得到爱和赞赏呢？"

这是个问题。我握着她的手，带她来到几个星期前她看蜡烛的房间。我让她坐下，平静下来，尽管我相信茶已经发挥了效力。我回到自己的房间，拿来一面圆形的镜子放在她面前。

"你什么都有，你曾经为了自己的每一寸领地斗争。现在看看你的眼泪。看着你的脸，这张写满了痛苦的脸。你看看镜子里的这个女人，这一次请不要笑，请试着理解她。"

我给了她足够的时间，让她照着我的指示去做。察觉到她进入我期待的迷狂状态后，我继续说下去：

"什么是生命的秘密？我们可以称它为'恩典'或者'赐福'。大家都希望对自己拥有的一切心满意足，除了我，除了你，除了少数一些人。很不幸，我们必须做点牺牲，这样才能收获更多。

"我们的想象比身边的世界大得多，我们超越了能力的限制。从前，人们称它为'巫术'，好在现在情况变了，否则我们会被烧死在火刑柱上。当世人不再烧死女人的时候，科学却给出了另一种解释，即所谓的'女性的歇斯底里'，这种说法虽然不至于把女人用火烧死，却导致了一系列问题，尤其在工作方面。

"但是，不要担心，不久它就会被称作'智慧'的。你的眼睛盯着镜子：你看到了谁？"

"一个女人。"

"除了这个女人，还有什么？"

她犹豫了一下，我追问了一句，她才回答：

"另外一个女人。比我更真实、更智慧的女人。她好像是一颗心灵，虽然不属于我，却成了我的一部分。"

"就是这个。现在,我想请你想象一下炼金术中最重要的象征:一条蛇,它团起了身子,咬着自己的尾巴。你能想象出来吗?"

她点了点头。

"这就是像你和我这种人的人生。生活总是被摧毁,然后又被重建。你的人生也是这样——从抛弃到寻找,从离婚到新的爱情,从银行到沙漠。只有一样东西保持不变,就是你的儿子。他是所有一切的联系。"

她又开始哭了。但是这一次流下的眼泪是不一样的。

"你来到这里,因为你在篝火里看到一个女人的面庞。这个面庞与你在镜子里看到的是同一个,试着为它争光。不要让其他人的想法压制自己,因为这些想法在几年、几十年或者几百年后会发生变化。其他人将来才会过的生活,你现在就要去过。

"你想要什么?你不能要幸福,因为这太简单,而且无聊透顶。你不能只要爱情,因为这不可能实现。你想要什么?你要证明你的生命是正确的,要用最激烈的方式去生活。这既是陷阱又是诱惑。你要对危险保持警惕,要快乐地生活,你要冒险成为镜子里的那个女人。"

她闭上了眼睛,但是我知道我的话进入了她的内心深处,并且在那里安营扎寨。

"如果你想冒险,想继续教课,就这样去做吧。如果你不想,也要知道你已经超越了大多数人。"

她的身躯松弛下来,倒了下去,我用胳膊抱住她。她睡着了,头靠在我的胸脯上。

我想对她轻声诉说一些事情,因为我也曾经历过这个阶段,知道它有多困难。我的保护人这样告诉我,我也有亲身的经历。但是困难却没有让这种经历变得无趣。

那是什么样的经历?是生活得像人又像神。从紧张到松弛。从松弛中进入迷狂,在迷狂之中又更加紧密地与他人相联。在这种联系里又一次复归紧张,由此周而复始,就像咬住自己尾巴的蛇。

这并不容易,因为需要无条件地去爱,不能害怕痛苦、拒绝和失去。

但是,人们只要品尝过一次这水的甘甜,就不会再用其他的泉水解渴。

安德烈娅·麦肯锡,演员

"那天你谈到了该亚,她不但生出了自己,而且不需要男人便生了孩子。你还说大地母亲最终让位给了男性的神祇,这也是正确的。但是你忘记了赫拉,她也是你最喜爱的神的后代。

"赫拉是最重要的神,因为她威力强大。她掌管天和地、四季和暴风雨。你曾提过的那些希腊人说,天上的银河是她的乳房喷涌出的乳汁汇成的。顺便说一下,她的胸很美,因为万能的宙斯甚至变成了一只鸟,这样就可以随便亲吻,而不怕被拒绝了。"

我们走在骑士桥的一家大商场里。我给她打电话,说想和她聊聊,她便邀请我一起来看看冬季减价的活动。要是我们一起喝杯茶或者去饭馆安安静静地吃顿午餐,可能会相处得更愉快。

"这么多人,你儿子会走丢的。"

"别担心。你接着往下讲。"

"赫拉识破了花招,逼迫宙斯娶了她。但是婚礼过后,这位奥林匹亚山的王者就立即现出了'花花公子'的原形,他引诱一切在他面前出现的女神或凡间女子。赫拉则忠贞不贰:她不指责自己的丈夫,却告诫女人要注意自己的行为。"

"我们自己不也这么做吗？"

我不明白她想干什么，只好装作没听见，接着往下讲：

"直到有一天，她决定以牙还牙，找一个神或是凡人和她上床。我们能停下来喝点东西吗？"

但是雅典娜刚刚走进了一家内衣店。

"这件好看吗？"她让我看一套性感的肉色内裤和胸罩，询问我的意见。

"很好看。你穿上时会有人看到吗？"

"当然有了，难不成你觉得我是圣徒？不过你还是接着讲赫拉吧。"

"宙斯对她的行为感到害怕。但这时，赫拉已经独立了，她并不担心自己的婚姻。你也有男友吗？"

她看了看周围，确信孩子听不到我们的谈话，才说了一个字，算是回答。

"有。"

"我从来没有见过。"

她走到收银台，付了内衣的钱，把它放进包里。

"维奥雷尔饿了，我估计他对希腊神话没什么兴趣。赫拉的故事就到此为止吧。"

"这个故事的结局有点荒唐：宙斯害怕失去自己爱的女人，居然装作要和别人结婚。等赫拉知道的时候，她才发现事情有点离谱了，她能接受他有情人，可离婚是万万不能的。"

"一点也不新鲜。"

"她决定去举行婚礼的地方大闹一场，到了那儿才发现他正向一座雕像求婚。"

"赫拉怎么做的？"

"她大笑了一场。她与宙斯之间的坚冰融化了，她又重新成了天后。"

"好极了。等哪天你也遇到这种事的时候……"

"什么？"

"如果你的男人找了其他女人，你可别忘了大笑。"

"我可不是神，可比她能折腾。为什么我从来没见过你的男朋友呢？"

"因为他总是很忙。"

"你在哪儿认识他的？"

她停了下来，手里拿着内衣。

"我在以前工作的银行认识的他，他在那儿有个户头。对不起，我的儿子在等我。你说得对，这儿有百十来号人，要是我不紧盯着，他可能会走丢。下个礼拜我家有个聚会，当然，你也被邀请了。"

"我知道是谁办的。"

雅典娜假惺惺地在我的脸上亲了两下，然后走了。不过她至少明白了我的信息。

那天下午在剧院里，团长过来说，他对我的行为很生气：我组织了一群人去拜访那个女人。我解释说这主意不是我出的，赫伦对肚脐的故事着了迷，他问我是不是有演员想听完那个被打断的讲座。

"但是他又没有命令你做这个。"

他的确没下命令，其实，他唯一希望做的事就是独自一人去雅典娜家里。

演员们都来齐了,团长却决定不读新剧本,他改变了计划。

"我们今天做个心理剧①的练习。"

根本没这个必要。我们大家都知道在作者设置的情境中,人们会有怎样的行为。

"我能提个主题吗?"

所有的人都转头看向我。他感到很意外。

"这算什么?一次反叛?"

"您听到最后就明白了:我们设计这样一个情境,一个男人在斗争了很久之后,终于聚集了一群人,准备在村子里举办一场非常重要的仪式。这个仪式关系到下一年的收成。但是,就在这个时候,一个城里的陌生女人来到了这里,她太漂亮了,还有传言说她是下凡的神仙,因此那位好人好不容易聚集起来的人都跑了,围在那个女人的身边。"

"但这和我们要排练的剧一点关系都没有呀。"一个女演员说。

不过团长明白了这里面的意思。

"这个主意不错,我们可以开始了。"

他看着我说:

"安德烈娅,你来演新来的女人。这样你会更好地理解村里的情况。我演那个试图保持传统不变的好人。那群人由常去教堂的夫妻组成,他们周末聚会,做些集体工作,并且互相帮助。"

我们躺在地板上,放松,然后开始练习。实际上非常简单,

---

① 演员表演个人体验的方式。

中心人物（这种情况下，也就是我）将创造一些情景，其他的人根据需要有所反应。

放松下来之后，我就变成了雅典娜。在我的想象中，她走遍世界，像撒旦一样寻觅着自己王国的臣属，但是她伪装成了该亚，一位创造了一切并知道一切的女神。十五分钟后，"夫妻"们配好了对儿，彼此认识了，他们编造的故事在任何有孩子、庄园、理解和友情的地方都会上演。我感觉宇宙已经准备停当，便坐在舞台的一个角落，开始谈论爱：

"我们生活在一个小村子里，你们觉得我是个异乡人，所以才对我讲的话感兴趣。你们从来没有出去旅行过，不知道山那边发生的事，但是我可以告诉你们：没有必要赞美大地，它对你们这个集体一向很慷慨。重要的是去赞美人类。你们说自己爱旅行？你们用错了词，爱是人和人之间的关系。

"你们希望丰收，所以去赞美大地？这是另一个谬误。爱不是希望，不是知识，不是赞叹。爱是挑战，是一种熊熊燃烧但我们却看不到的火焰。因此，如果你们觉得我是异乡人，那么你们就错了。对我来说，一切都是如此熟悉，因为我携带着这种力量、这种火焰而来。当我离去时，所有的人都不会像从前那样。我带来了真爱，而不是书上或者童话里教导的爱。"

其中一对"夫妻"中的丈夫开始看我。妻子对他的反应感到茫然。

接下来的练习中，团长——或者说剧中的好人——极力要大家保持传统，赞美大地，并祈祷它今天和往年一样慷慨，他说这很重要。而我只是继续谈论爱。

"他说大地需要仪式？我敢保证，如果你们之间有着足够的爱，那么就一定会获得丰收，因为这种情感可以改变一切。但是我看到了什么？只有友谊而已。激情已经灭绝了很久，人和人之间早已不习惯这样，因此大地只会给你们上一年的收成，不会多，也不会少。所以在你们的内心深处，你们会默默抱怨自己的生活什么都没有改变。这是为什么？因为你们想控制那种改变一切的力量，这样你们的生活便不会遇到巨大的挑战。"

那位好人解释说：

"我们这个群体至今还存在，都是因为我们遵守法律。爱也是法律引导的。那些陷入爱河却不关注共同之善的人将永远生活在痛苦之中：因为伤害爱侣，因为惹怒新欢，因为失去曾拥有的一切。一个没有关系没有历史的陌生人当然可以想说什么就说什么，但她并不知道我们到达希望去的地方，要经历多少磨难。她不知道我们为孩子做的牺牲。她也不知道我们辛勤工作，不知歇息，是为了大地能够慷慨，和平能够到来，明天家里还能有余粮。"

在这一个小时里，我捍卫着这可以吞噬一切的爱，那位好人则谈论着可以带来安宁与平静的情感。最后，我只能自说自话，群体中所有的人都站在了他的一边。

我用前所未有的热情和信仰完成了这个角色，尽管如此，当陌生女人离开这个小村子时，她一个人都没有说动。

这让我非常开心。

赫伦·瑞恩，记者

我的一位老朋友常说："一个人有百分之二十五是向导师学习的，百分之二十五向自己学，百分之二十五向朋友学，最后百分之二十五向时间学。"雅典娜在家里搞了一次聚会，这次她上完了剧院里没上完的课，我们大家学习的对象是……我不知道。

她在她的寓所等我们，孩子也在她身边。我注意到她的家是全白的，空空荡荡，只有一件家具，上面放着一台音响，以及很多CD。孩子在家，这让我觉得奇怪，因为他会觉得讲座十分无聊。我希望她从上次中断的地方讲起，用词语给我们下达指令。但是她有另外的计划，她说会放一段西伯利亚音乐，所有的人都应该听听。

再没有别的内容了。

"我无法通过思考达到目标。"她说，"我看到你们坐在这里，眼睛紧紧地闭着，嘴角上挂着笑意。你们的表情很严肃，姿势很傲慢，你们不能集中意念，一点都不能，却相信这样能和男上帝或者女上帝沟通。但是至少，请先一起来听听这段音乐。"

那种不快的感觉再一次出现了，雅典娜好像根本不知道该做什么。但是几乎所有的演员都来了,甚至包括团长。安德烈娅说,他是来刺探敌情的。

音乐结束了。

"这回,请大家一起跳舞,要用和这音乐一点关系都没有的拍子来跳。"

雅典娜又放了一遍音乐,音乐声很响,她伴着这乐声扭动着自己的身体,但是与拍子一点也合不上。只有年岁最大的一位演员——他在剧中扮演醉酒的国王——按照她的指令做了。其他人都没动。人们看上去很拘束。其中一个人看了看表,仅仅过去了十分钟而已。

雅典娜停了下来,环视着众人。

"你们为什么还站在那里?"

"我觉得……这样做有点可笑。"一个女演员怯生生地说,"我们只会合上拍子,但反过来就不会了。"

"按照我说的做。你们想要一个理性的解释?那我就给你们:只有逆过来,只有同我们习惯的一切对着干的时候,变化才会产生。"

她转过头,问"醉酒的国王":

"您为什么不跟着音乐的节拍跳舞呢?"

"再简单不过了,因为我根本就不会跳舞。"

所有的人都笑了,笼罩在大家头顶上的乌云开始散去。

"很好,我会再跳一次。你们要么跟着我跳,要么就离开,这一次由我来决定什么时候结束讲座。人类最具挑衅性的本能便是与他们觉得美好的东西对着干。我们今天就要这么做。我们不要好好跳舞——我们所有的人。"

这是另外一种体验,为了不让主人感到不自然,大家开始不好好跳舞。我正在与自己交战,因为我总是想合上那神秘而又激越的鼓声。我感觉自己正在攻击这首曲子的作者和演奏者。我的身躯常常叛变,它想合上拍子,但是我强迫它遵守雅典娜的指示。她的孩子也在跳舞,他一直笑着,但是突然停了下来,坐在了沙发上,或许是因为他太卖力了,所以感到筋疲力尽了吧。一个和弦还没有结束,她便关了CD机。

"你们等等。"

我们大家都在等着。

"我要做点我以前没做过的事情。"

她闭上了眼睛,用双手捂着脸。

"我从来没有不按拍子跳过舞。"

看来,对于刚才的尝试,她的感觉比我们还要糟糕。

"我不舒服……"

团长和我都站了起来。安德烈娅生气地看着我,即便是这样,我还是走向了雅典娜。我还没有碰到她,她便要求我们回到自己的座位上。

"没人想说话吗?"她的声音很微弱,好像在发抖。她没有把手从脸上拿下来。

"我想。"

说话的是安德烈娅。

"请先抱抱我的儿子,告诉他妈妈一切都好。只是我得继续下去,因为有这个必要。"

维奥雷尔看上去很害怕。安德烈娅把他抱在了怀里，安抚着他。

"你想说什么？"

"没什么。我改变主意了。"

"孩子让你改变了主意。不过你还是说吧。"

慢慢地，雅典娜露出了脸，她抬起头，她的面容有点奇怪。

"我不说了。"

"那好吧。你！"她指着那位老演员，"你明天去看病。你晚上睡不着觉，整夜上厕所，这是很严重的病。是前列腺癌。"

那男人的脸都青了。

"还有你！"她指着团长，"要承认自己的性取向。别害怕。你恨女人，你爱的是男人。你要接受这个事实！"

"你是怎么……"

"别打断我。不是因为雅典娜，我才这样说。我说的只是你的性取向：你爱的是男人。我并不觉得这有什么错。"

不是因为雅典娜，我才这样说？可是她就是雅典娜！

"还有你，"她指了指我，"到这里来。跪在我面前。"

我怕看见安德烈娅，也羞于面对大家，但还是按照她的要求做了。

"低下头。让我摸摸你的后颈。"

我感觉到她手指的压力，除此之外再没有别的了。就这样保持了一分钟，然后她让我站起来，回到自己的座位。

"你再也不需要吃安眠药才能睡觉了。从今天开始，睡意回来了。"

我看了看安德烈娅，我以为她会说点什么，但是她的眼神看上去和我一样恐惧。

一个女演员，可能也是年龄最小的一位，举起了手。

"我想说话。我想知道是谁在指引我们。"

"哈吉娅·索菲娅。"

"我想知道……"

她是我们这群人中年岁最小的。她怯生生地看了看周围，团长点了点头，示意她继续。

"……我妈妈是不是还好。"

"她就在你的身边。昨天，当你离家的时候，是她让你把皮包忘在了家里。你回来取包，发现钥匙落在屋子里面，进不去家门。你花了一个小时找看门人来开锁，本来你是可以去赴约，见到你渴望见到的男人，然后获得你想要的工作。不过如果一切都按照你早上的计划进行，那么六个月之后你就会死于车祸。昨天，你的包落在家里，这改变了你的人生。"

那姑娘开始哭泣。

"还有谁想问问题？"

另外一只手举了起来，是团长。

"他爱我吗？"

看来这是真的。那个姑娘和她母亲的故事在整个屋子里引发了一场情感的风暴。

"你这个问题是错误的。你需要知道的是你是否有条件给他想要的爱。无论他接受也好，不接受也好，其实都是值得的。知道你是否有能力去爱，这样就够了。"

"如果没有他,也会有别人。因为你发现了一汪清泉,你任其喷涌,而它将淹没你的世界。不要保持安全的距离,去看看会发生什么,也别等到确定了一切才去行动。你给出的一切,有一天你都会收回,只是有时它的到来让你感到意外。"

那些话对我也是有用的。雅典娜——或者她愿意成为的人——转向安德烈娅。

"你!"

我的血凝固了。

"你要准备好失去你创造的宇宙。"

"'宇宙'是什么意思?"

"是你觉得你拥有的一切。你因禁在自己的世界中,但是你知道应该逃离。我知道你明白我说的话,尽管你并不愿意听到这些。"

"我明白。"

我敢保证她们说的就是我。难道这一切不过是雅典娜在演戏吗?

"结束了。"她说,"把孩子带到我这里。"

维奥雷尔不想过去,他害怕母亲的变身,但是安德烈娅亲切地拉着他的手,把他带到她身边。

雅典娜,或者哈吉娅·索菲娅,或者莎琳,谁在那儿并不重要,她坚定地摸了摸孩子的后颈,就像对我做的一样。

"我的孩子,你看到了这一切,请不要害怕。不要想着远离它们,因为它们终将离去。你要尽情享受天使的陪伴。现在你很害怕,你本来应该更加害怕,但是你没有,因为你知道这里有很多人。你不笑了,也不跳舞了,因为你看到我拥抱你的母亲,我要借用她的嘴讲话。你要知道,她同意了,否则我不可能讲这么多。从前我总是以光的模样出现,我依然是光,但是今天我想说话。"

孩子拥抱了她。

"你们可以离开了。让我单独和他在一起。"

我们一个接一个走了出去,把那个女人和孩子留在了房间里。回家的出租车上,我试图和安德烈娅交谈,但是她说,我们谈什么都行,就是不要说刚才发生的那些事。

我沉默了。我心中充满了悲伤:失去安德烈娅是一件痛苦的事。另外,我又感到了极大的平静,刚才发生的事造成了这种变化,我不再需要坐在一个我爱的女人面前,告诉她我爱上了另外一个女人,我不需要受这种煎熬。

因此我选择保持沉默。我回到家里,打开电视,安德烈娅去洗澡。我闭上眼睛,等我睁开眼睛的时候,阳光照进了我的房间。已经是上午了,我睡了整整十个小时。我身边有张字条,安德烈娅说她不想叫醒我,因此直接去上班了,但是她做好了早饭。字条上印着唇印,画了一颗心,非常罗曼蒂克。

她一点也不想"放弃她的宇宙"。她将战斗,而我的生活将噩梦连连。

那天下午,她打电话给我,声音里没有流露出半点特殊的情感。她告诉我那个演员去看了病,他做了触摸检查,发现他的前列腺有异常的发炎现象。然后他去做了血检,发现一种叫 PSA 的蛋白质含量超标。医生会收集样本进行活检,不过,据诊所的人说,是恶性肿瘤的可能性很大。

"医生这样告诉他：你真幸运！尽管这病很严重，但还是可以治疗的，而且有百分之九十九的治愈的可能。"

黛德丽·奥尼尔,又名埃达

什么哈吉娅·索菲娅,什么也不是!是她自己,雅典娜,她只是探触到了那条流入心田的河的最深处,然后便联系到了母亲。

她所做的一切是看到了在另一个现实中发生的故事。那个女孩的母亲已经故去了,住在一个没有时间的地方,因此可能改变事件的进程,但是我们人类却被限制住了,只能认识现在。我得说一下,这已经不少了,人可以发现潜伏的疾病,避免病情恶化;可以触摸神经中枢,使能量得以释放,这是我们力所能及的。

当然,很多人死于火刑,很多人流落异乡,大地之母照亮了我们的心灵,而许多人却不得不将这火光隐藏。我从来没有怂恿雅典娜与超能接触,她自己决定这样做,因为母亲给了她很多暗示:当她跳舞时,她是光。当她学习书法时,她是字母。她现身于篝火中,也出现在镜子里。但我这个女学生不知道如何和她共处,所以才做了这件事,更惹来了一系列事端。

雅典娜尽管告诫大家要做到与众不同,实际上,她却与其他凡人没什么两样。她有节奏,行走的速度也有极限。她比别人更有好奇心?也许吧。她曾经认为自己是牺牲品,现在已经克服这个困难了吗？这是理所当然的。她是否感觉到有必要与人分享她学到的东西，无论他们是银行职员还是演员？有时候是的，还有些时候，我想去鼓励她，因为我们的孤独并非命里注定，我们在别人的眼中看到自己时，才会真正认识自己。

不过我的干预将到此为止。

因为母亲希望在那个晚上现身，可能曾在她的耳边低语："到现在为止，你学了不少东西。去和它们对抗吧！你，仪式的导师，让它经过你的身体，但不要去服从。"因此，雅典娜才尝试了一下：她的潜意识已经做好了准备，要与母亲共处，而她仍在以相同的频率共振，这便阻碍了外部力量的显现。

我身上也曾发生过这样的事：思考和联系到光的最好的方法是打毛衣，这是母亲在小时候教我的。我会数针脚，也会绕线，通过不断的重复与和谐的节奏，我可以创造出美丽的物件。有一天，保护人却让我用一种完全不合理的方法织毛衣。这对我来说太难了，我可是用温情、耐心和投入学会这门手艺的。但他固执地要我做到最差。

差不多有两个小时，我觉得这很可笑，很荒唐。但我的头开始疼起来，根本没办法让线绕在针上。人都会犯错误，可他为什么偏偏要我做这个？也许是因为他知道我对几何，对凡是完美的东西都走火入魔吧。

突然，变化发生了。我停下毛线活，感觉到巨大的空虚被一种火热的爱与伴随逐渐填满。我周围的一切都不同了，我渴望说出一些话，那是我正常状态下从来不敢说的。但是我并没有失去意识，知道我还是我自己，只是已经不是我习惯共处的那个人了——我们得接受这种悖论。

因此,我能"看到"曾经发生了什么,尽管我人不在那里。雅典娜的心灵契合了音乐,而她身躯的扭动方向却截然相反。这样过了一会儿,她的心灵脱离了身体,有一处空间被打通,母亲终于可以进来。

或者这样说更好:母亲的一簇火出现在那里。她古老,但面容年轻。她智慧,但并非无所不能。她特别,而又不带一丝傲慢。感知发生了变化。她又看到了童年时看到的东西——一些平行的宇宙,驻扎在这个世界上。这个时刻,我们不仅可以看到肉体,还看到了人的情感。据说猫也有这种能力。我相信这个说法。

物质世界和精神世界之间隔着一层帐幔,它的颜色不定,强度与光线也变化多端。神秘主义者叫它"灵光"。从这里开始,一切都是如此明了:灵光能说明一切的状态。假如我当时也在场,她就会看见我的灵光是紫色的,上面有一些黄点,就这样围绕在我身边。这说明我的前路依旧漫漫,我在这块土地上的使命依然没有完结。

还有一些透明的形体会与人的灵光相融,人们通常称之为"幽灵"。女孩的母亲就属于这种情形,这也是命运得以改变的唯一情形。我确定那个女孩在询问之前,便已经知道母亲就在她的身边,唯一令她惊奇的只有皮包的故事而已。

在乱七八糟地跳舞之前,所有的人都感到恐惧。这是为什么?因为我们所有人都习惯于按照"理所当然的那种方式"去做一件事情。没有人喜欢出错,特别是当我们意识到这一点的时候。包括雅典娜,对她而言,和她热爱的一切对着干也并非是件容易的事。

我很开心，在那一刻，母亲赢得了这场战争。一个男人的性命保住了，另一个人承认了他的性取向，第三个人睡觉前不用再吃药了。这都是因为雅典娜打破了节奏的约束，在一辆汽车高速行驶的时候踩了一脚急刹车，然后搞乱了一切。

我接着说打毛衣那件事：我这样织了一会儿，终于可以不费力地达到那种状态了。我已经认识了它，并正在努力地习惯。雅典娜也是这样——既然我们已经知道那扇感知之门在什么地方，那么开启或者合上这扇门会变得异乎寻常地容易，只要我们习惯了自己"奇怪"的行为方式。

我还要再加一句：毛线活我织得比以前更快更好了，雅典娜也是这样，她是在用更强大的心灵、更和谐的节奏跳舞，因为我们勇敢地突破了樊篱。

安德烈娅·麦肯锡，演员

　　这条消息像火一样迅速蔓延。下一个周一是剧团的休息日，雅典娜的家里挤满了人。我们大家都带了朋友。她做了同样的事，要求我们没有节奏地跳舞，她似乎需要这种集体的能量来和哈吉娅·索菲娅相遇。她的儿子也在，我开始观察他。他坐到沙发上时，音乐便停止了，她开始进入迷狂。

　　然后大家开始问问题。我们可以想象出来，前三个问题都与爱情有关——这个人会继续和我在一起吗？那个人爱我吗？他是不是背叛了我？雅典娜什么都没说。第四个问题，她依然不回答，这终于引起了抱怨：

　　"他到底是不是背叛了我？"

　　"我是哈吉娅·索菲娅，宇宙的智慧。我创造了这个世界，没有任何人陪伴着我，只有爱与我相随。我是一切的开始，在我之前，有的只是混沌。

　　"因此，如果你们中有人希望控制力量，征服混沌，那请不要问哈吉娅·索菲娅。对于我来说,爱充满着一切。你不能渴求它，因为它自有其结局。爱是不可背叛的，因为它与占有无关。爱不能被囚禁，因为它是一条河流，会溢出所有的阻碍。想禁锢爱的人，必须先切断供养自己的泉水，这样他只能掬起一捧停滞而腐臭的水。"

哈吉娅的眼睛扫视着人群——大多数人是第一次来这里，然后她开始说出自己看到的东西：疾病的威胁，工作的问题，父母与子女之间的紧张关系，性的困惑，那些已经存在但未被发掘的潜力。我记得她指着一个三十来岁的女人说：

"你的父亲告诉过你事情应该是什么样的，告诉你一个女人应该怎么做。你一直在抗拒自己的梦想。你'愿意'做什么，从来表现不出来……它总是被'应该'、'期待'或'需要'所代替。但是你是一位很好的歌手。只要锻炼一年，到时你的工作就会有很大的不同。"

"可我已经有了丈夫和一个儿子。"

"雅典娜也有一个儿子。你丈夫开始的反应会很激烈，之后他便会接受。我不用成为哈吉娅·索菲娅，便可以知道这一切。"

"或许我已经太老了。"

"你在拒绝接受真实的自我。这就不是我的问题了，我说了该说的话。"

一个一个地，屋子里所有的人都被叫了起来，接受哈吉娅·索菲娅的训诫。屋子又热又小，根本没有地方坐，即使在这样一个岁尾寒冬的季节，屋里的人依然大汗淋漓，大家觉得来参加这样的一个活动真是有些可笑。

最后一个是我。

"你留下，如果你不想依旧是两个人，那就要成为一个人。"

这一次我没有把她的儿子抱在怀里。他全都看到了,看来上次仪式后的谈话生效了,他现在已经不再害怕。

我点点头。上一次仪式过后,她请求大家让她和自己的孩子待在一起,然后人们便纷纷离开了,而这一次却不同,在结束之前,哈吉娅·索菲娅做了一次布道。

"你们来这里,是为了得到确切的答案,但我的使命在于激励你们。过去,统治者和被统治者都要到广场上倾听神谕,然后占卜未来。然而未来却很善变,因为它被你们在此刻此地做出的决定所指引。你们要保持这辆车的速度,因为一旦它停下来,你们也会摔倒在地。

"现在坐在地上的人中,有一些人来认识哈吉娅·索菲娅,只是为了让她确认那些他们希望成真的事情,这些人以后不必再来了。不然的话,你们就开始跳舞,并让你们身边的人也跳。对生活在一个已经完结的宇宙中的人来说,命运是残酷的。新的世界是母亲的世界,她带来了爱,将天空与河水分开。任何相信自己已经失败的人将永远失败下去,任何决定不去改变的人将被湮没在庸常之中,任何阻止变化发生的人将会变为尘埃。那些自己不跳舞,也阻止其他人跳舞的人真该死!"

她的眼睛喷着火。

"你们可以走了。"

大家都走了,我看到大多数人的脸上现出了迷惑的表情。他们来这里寻找安宁,找到的却只有混乱。他们来到这里想听一场关于如何控制爱情的讲座,结果却听说那吞噬了一切的火焰将永远地燃烧下去。他们本想确定自己做的决定是正确的——他们的妻子，她们的丈夫，他们的老板，大家都很满意——但是她的话只能让他们心生怀疑。

然而，一些人却笑了。他们懂得了舞蹈的重要性，从那个晚上开始，他们一定会任自己的身躯和心灵一起舞动，尽管他们会付出代价，这种事时不时会发生。

房间里只剩下了孩子、哈吉娅·索菲娅、我和赫伦。

"我希望你一个人留下。"

他什么都没说，拿起外套离开了这里。

哈吉娅·索菲娅看着我。我看着她一点点地变成了雅典娜。唯一可以形容这种过程的方法是把她和孩子作个比较：当孩子不高兴的时候，你能从他的眼睛里看到愤怒，但是一会儿他高兴了，那些狂怒离他而去，你会发现他和刚才哭哭啼啼的那个孩子简直是两个人。当他的注意力慢慢分散之时，"灵"——如果可以这样称呼——仿佛也随之消失。

我面前的这个女人好像已经筋疲力尽。

"给我沏杯茶。"

她竟敢命令我！她不再是宇宙的智慧，而是我的男人感兴趣，或者根本已经爱上的女人。我们这场关系将到何处为止？

但仅仅是一杯茶而已，不足以毁掉我的自尊：我走到厨房烧开水，放入洋甘菊，然后回到房间。孩子在她的怀里睡着了。

"你不喜欢我。"

我没回答。

"我也不喜欢你。"她接着说，"你漂亮，优雅，是位非常好的演员，你的文化程度和教育水平我也赶不上，尽管我家里人一直这样要求我。但是你不安而傲慢,不相信人。正如哈吉娅·索菲娅所说的,你是两个人,你本来可以只是一个人的。"

"我不知道你还记得多少迷狂时说的话,因为那个时候你也是两个人:雅典娜和哈吉娅·索菲娅。"

"我可以有两个名字,但我是一个人,或者说,我是世界上所有的人。这正是我要达到的目标:因为我既是一个人,又是所有人,那么当我进入迷狂之境时,那些燃起的火苗会给我必要的指示。尽管在那个过程中,我一直迷迷糊糊的,但所说的那些话是从我体内一个陌生的点发出的,就像母亲正用她的乳房喂我吃奶,这乳汁流淌进我们的心灵,并将知识搬运到了人世间。

"上个星期开始,就在我第一次联系上这个新的存在时,它下达给我第一个指令,但我觉得很荒谬:我必须教你。"

她停了一下。

"我认为这显然是胡说八道,因为我对你一点好感都没有。"

她又停了一下,这次的停顿比第一次长。

"但是今天这种力量依然这样坚持。我正在告诉它我的选择。"

"为什么叫她哈吉娅·索菲娅?"

"是我自己起的名。这是我读过的一本书里面的清真寺的名字,我觉得非常好听。

"你,如果你愿意,可以成为我的学生。这使你在第一天来到了我这里。我生命中这个崭新的时刻,甚至包括在自己之中发现了哈吉娅·索菲娅,都归因于那一天你走进了这个门,你说:'我是搞戏剧的,我们想排演一出与上帝的女性形象有关的戏剧。我从一个记者朋友那里得知你曾经去过沙漠,也去过巴尔干的山区,和吉卜赛人一起生活,对这方面了解得很多。'"

"你要教我所有你会的东西?"

"我会教给你所有我不会的东西。在与你接触的过程中,我会渐渐学会的,就像第一次见面时告诉你的一样,我现在再说一遍。等你学会了我需要学的东西,我们的路便分开了。"

"你可以教一个不喜欢的人吗?"

"我可以爱并尊重一个我不喜欢的人。我这两次进入迷狂之境的时候,都感受到了你的灵光,这是我一生中看过的最完善的灵光。如果你接受我的建议,那么你将让这个世界变得不同。"

"你会教我看到灵光吗?"

"我也不知道自己能看到,直到第一次看到了它。如果你找到了自己的路,一定能学会这个本领。"

我认为我也能爱上一个并不喜欢的人,所以我答应了。

"那么我们需要把这种接受变成仪式。这个仪式把我们扔进一个陌生的世界,但是我们得知道不能和那个世界乱开玩笑。仅仅答应是不够的,你需要赌上你的生命。不要想那么多。如果你是我想象中的那个女人,就不会说'我需要思考一下',你会说……"

"我已经准备好了。我们开始仪式吧,你在哪儿学的?"

"我准备现在学。我现在已经不需要脱离日常的节奏去连接母亲了,这是因为只要她曾来过一次,再一次遇见她就不是困难的事。我知道那扇需要我开启的门在哪里,尽管它的藏身之处千回百转。我需要的不过是一点寂静而已。"

寂静又要开始了。

我们在那里，睁大了眼睛紧盯着对方，好像要开始一场殊死搏斗。仪式！在按响雅典娜的门铃之前，我也曾参加过一些仪式。无一例外，到最后我总是感觉自己被利用、被侮辱，那扇门就在那里，在我的视野之内，而我却无力打开它。仪式！

雅典娜只是喝了一点我沏的茶。

"仪式做完了。我要求你为我做点事情，你做了。我接受了。现在轮到你向我提要求。"

我立即想起了赫伦，但是现在时候还没有到。

"脱掉衣服。"

她没有问理由。她看了看孩子，确认他已经睡着了，然后开始脱毛衣。

"不用了，"我力图阻止她，"我不知道为什么会提这个要求。"

但是她继续脱衣服。衬衫，牛仔裤，胸罩——我注意到了她的胸，那是我看到过的最美的胸。最后她脱掉了内裤。她站在那里，把她赤裸的身体呈现给我。

"赐福于我。"雅典娜说。

给我的"导师"赐福？但是我已经迈出了第一步，不能半途而废。我的手浸到茶水中，然后向她的身上泼了一点。

"就像植物变成了这茶，就像这水中混杂了植物，我赐福于你，我恳求大地母亲，让这水的源泉永远不要停止喷涌，让生长这植物的土地更加富饶，更加肥沃。"

我被自己的话吓呆了。它不是出于我的体内，而是来自体外。好像我一直都会，并且做过无数次一样。

"你已经得到了赐福。现在穿上衣服吧。"

她依然光着身子，嘴角上却挂着笑意。她想干什么？如果哈吉娅·索菲娅真的能看到灵光，她应该清楚我没有一星半点想和女人发生关系的想法。

"等一下。"

她抱起孩子，把他送回自己的房间，然后马上回来了。

"脱下你的衣服。"

是谁在这样要求我？是哈吉娅·索菲娅？她告诉我我的潜力，我是她最好的学生。还是雅典娜？我和她不太熟，她看上去可以做任何事，是生活教会了这个女人超越一切的限制，满足所有的好奇。

我们彼此相对，不容我有半点退缩。我同样肆无忌惮地脱掉衣服，同样笑着，同样看着她。

她拉着我的手，我们坐在沙发上。

在接下来的半个小时里，雅典娜和哈吉娅·索菲娅同时现身。她们想知道我下一步的行动。就在她们询问我的时候，我发现一切早已写在我的心里，那些门总是关着，是因为我不知道我是世界上唯一可以打开它们的人。

赫伦·瑞恩，记者

主编递给我一盘录像带，我们一起去放映室观看。

这盘录像带摄制于一九八六年四月二十六日，展现的是一个普通城市的日常生活。一个男人正在喝咖啡，一位母亲带着孩子在街上散步。人们忙忙碌碌，有的去上班，有的在等公交车。还有一个男人正坐在广场的长椅上读报。

但是录像带出了毛病：画面上出现了几条横道，好像需要调一下跟踪键。我站起来想去调一下，但是主编阻止了我：

"就是这样的。接着看吧。"

依然是内陆小城的画面，除了庸常的生活之外，再没有任何有趣的场景。

"可能这里面已经有人知道两千里外发生了一起事故，"我的上司说道，"他们可能也知道事故中死了三十个人。这个数字不小了，但是还不足以改变居民的日常生活。"

画面中出现了停着的轿车。它们将停在那儿很多天，什么都没有发生。图像的质量非常差。

"不是跟踪键的问题，是辐射造成的。录这盘带子的是克格勃，苏联的秘密警察。

"四月二十六日夜间一点十三分，乌克兰的切尔诺贝利发生了一起最为严重的人为灾害。一个核反应堆爆炸了，住在这个地区的人受到的辐射威胁，比广岛核弹的辐射要大上九十倍。他们本该立即疏散这个地区的居民，但是没有任何人肯透露消息——无论如何，政府是不会出错的。一个星期之后，当地一份报纸的第三十二版才刊登了一条不到五行的消息，说有工人死亡，此外再没有其他解释了。就在这段时期，整个苏联还庆祝了五一劳动节。在乌克兰首都基辅；人们还上街游行，根本不知道空气中潜藏着杀手。"

他总结道：

"我希望你去那里，看一看切尔诺贝利的今天。你被提升为特派记者了。你可以建议刊登什么样的文章，另外，你的工资将增加百分之二十。"

我本该兴高采烈，但感觉到的却是巨大的哀伤，我只能悄悄地掩饰一下。我没法向他交代，没法告诉他在这个时候，我的生命里出现了两个女人，我不想离开伦敦，这关系到我的生命和精神上的平衡。我问他需要什么时候出发，他回答说越快越好，因为传闻说其他国家正在大力加强核能源的生产。

我找出了一个合理的借口，和他说我首先要听听专家的意见，这样才能把这起事件弄得更清楚，等搜集完需要的资料，我会马上动身，毫不拖延。

他同意了。他紧紧地握住我的手，向我表示祝贺。我没时间和安德烈娅说这事——当我到家的时候，她还没有从剧院回来。

我躺下便睡着了，等我醒来的时候，一张纸条放在我的身边，告诉我她去工作了，早餐在桌子上。

我去上班，得取悦我的上司，是他让我的生活变得'更好'，我还得给辐射和能源方面的专家打电话。我发现共有九百万人直接受到了这一灾难的影响，包括三四百万名儿童。据专家约翰·霍夫曼说，开头仅有三十位死者，到后来却有四十七万五千人死于癌症，还有相同数量的人正在经受癌症的折磨。

共有两千多个城市和村落在地图上彻底消失。根据白俄罗斯卫生部的报告，二〇〇五年至二〇一〇年，该国甲状腺癌的发病率将大幅上升，因为辐射还在扩散。另一位专家告诉我，除了九百万人直接受辐射影响之外，世界各地还有六千五百万人，因为食用了受污染地区出产的食品而受到了间接影响。

这是个严肃的话题，值得认真对待。那天下午，我来到主编室，提出了一个建议，我打算在事故发生纪念日那天再去访问切尔诺贝利——这样我可以做更多的准备工作，听取更多专家的意见，也可以观察一下英国政府是如何跟进这场悲剧的。他同意了。

我打电话给雅典娜——既然她说她的男朋友在苏格兰场工作，现在应该让她帮个忙了，因为切尔诺贝利不是什么机密，而且苏联也解体了。她承诺会和自己的"男朋友"谈谈，但是又说不保证能得到我想要的回答。

她还说第二天要去苏格兰，然后回来准备一个团体聚会。

"什么团体？"

就是个团体，她这样回答。难道现在那种聚会已经变成经常性的行为了吗？什么时候我们才能见上一面，一起聊聊，整理一下散乱的心绪？

但是她挂了电话。我回到家里，看了会儿电视，一个人吃过晚饭，然后去剧院接安德烈娅。我正好赶上剧的结尾，让我意外的是，舞台上的那个女人好像不是两年来一直生活在我身边的人。她强有力地说出独白与对话，动作中似乎有了一种魔力，这让我一时之间无法习惯。在我面前的是一位陌生女人，我想揽她入怀，但是突然意识到，其实她一直就在我身边，只是从来没有像今天这样陌生。

"你和雅典娜聊得如何？"回家的路上，她这样问我。

"不错。你工作得顺利吗？"

我换了个话题。我告诉她自己升职了，但得去切尔诺贝利，不过她好像没什么兴趣听。我开始发现，我正在失去曾经拥有的爱，却又没有得到自己期待的爱。我们回到了寓所，她要我和她一起洗澡，然后我们换上了浴袍。洗澡之前，她放了那段打击乐（她向我解释说她搞到了一盘翻录的带子），把音量调到最大，她让我不要考虑邻居——人们如果总是顾虑别人，就没办法过自己的生活了。

后面发生的事情让我有些费解。这个正和我做爱的女人，竟如此粗暴地对我。难道是另一个女人教她或者诱导她发现了自己的性取向吗？

因为我从来没有看过她这样，她一边狠狠地抓着我，一边不停地说：

"今天我是你的男人，你是我的女人。"

我们纠缠了将近一个小时，我以前从不敢想竟会有这种体验。

有的时候，我甚至感到耻辱，我想求她停下来，但是她好像完全控制了局面，我只能举手投降，因为我别无选择。而且，我对此非常好奇，这是最坏的地方。

后来，我累得筋疲力尽，但是安德烈娅似乎比之前还要精力充沛。

"你睡觉之前，我想让你知道一件事。"她说，"如果你继续前进，你可能会和神发生亲密的关系。这就是你今天所体验到的。去睡觉吧，我想让你知道我唤醒了存在于你体内的母亲。"

我想问她是不是和雅典娜学的，但是我不敢。

"告诉我，今天晚上你喜欢做女人。"

"我喜欢。我不知道是不是会永远喜欢下去，可是它让我又喜又怕。"

任由这种事发生，和冷静超脱地评价这种事，完全是两码事。我什么都没说，但并不怀疑她已经知道了我的答案。

"好吧，"安德烈娅接着说，"其实一切都在我的体内，但是我并不知道。今天，我站在舞台上，身体里的面具掉落在地上。你没有发现我不同以往了吗？"

"是的。你发出了一种特别的光。"

"这是神授的能力，是神的力量在男人或者女人身上的体现。我们不需要向任何人展现这种超自然的能力，因为所有人都可以看到，包括那些最不敏感的人。但是，只有在我们赤裸裸的时候，在我们为世界而死，并为我们自己重生之后，我们才能看到它。昨天晚上，我死去了。今天，当我踏上舞台，看到我做的事正是自己的选择时，我从灰烬中涅槃重生。

"因为我一直费尽心思想成为现在的自己,所以总是做不好。我总是想让别人对我印象深刻,我有优雅的谈吐,令自己的父母欣慰,并用尽手段去从事自己想做的工作。我用血与泪,还有坚强的意志为自己开疆辟土。但是昨天我知道自己踏上了一条不归路。我的梦想并不要这些东西,只是想让我臣服于它,在受苦的时候咬紧牙关,因为苦痛总会过去。"

"为什么你会对我说这些话?"

"先让我把话说完。在这条路上,苦痛仿佛是唯一的法则,过去所争取的东西,我将不会再去争取,比如爱——除非人们感觉到爱,否则这个世界上没有任何力量能够激发爱。

"我们可以装作相爱。我们可以习惯对方的存在。我们可以这样过完一生,是朋友,又是同谋。我们建立一个家庭,每天晚上做爱,还会达到高潮,即便如此,我们还是会感到在这一切之上弥漫着一种空虚,它让人伤感。我们少了一种更重要的东西。受我了解的男女关系方面的知识影响,我争取着本不值得争取的东西。这里面也包括你。

"今天,我们做爱的时候,我已经尽了最大努力,知道你也做到了最好,我也明白你的最好已不再令我感兴趣。我将睡在你身边,但明天就会离开。戏剧是我的仪式,在那里我可以表现和发展自己的想法。"

我开始后悔一切,后悔去了特兰西瓦尼亚,就是在那里,我遇上了那个摧毁我生活的女人,我后悔组织了第一次"团体"聚会,后悔在餐厅向她倾诉了爱意。在那一刻,我恨雅典娜。

"我知道你在想什么,"安德烈娅说,"你认为你的那个女性朋友给我洗脑了,其实并不是这样。"

"我是一个男人,尽管我今天表现得像一个女人。我是濒临灭绝的物种,因为在我的周围,我没有看到多少这样的男人。很少有人敢干我敢干的事。"

"你说得对,你让我钦佩。但是你能不能问问我,我是什么人?我要的是什么?我希望的是什么?"

我问了她。

"我什么都想要。我既要粗暴野蛮又要深情款款。我既想招惹邻居,又想安慰他们。我不希望自己床上的是个女人,我想要男人,真正的男人,就像你一样。他们爱我也好,利用我也好,这都没什么关系。我的爱要远大于此。我想自由地爱,也希望身边的人可以这样做。

"其实,我和雅典娜只聊了些简单的方法,可以用来唤醒我被压抑的力量,比如做爱,又比如说走在路上时重复着'就在这个时候,我在这里'。仅仅这些而已,再没什么特别的了,也没有神秘的仪式。我们的相处中只有一件事稍微有点不同寻常,便是我们两个脱了衣服,裸裎以对。从那以后,我和她每个周一都见上一面,如果我有什么事情要倾诉,就会在仪式结束后和她说。但是我一点也不想成为她的朋友。

"同样地,如果她想找人分享一件事情,她会去苏格兰,与那个埃达交谈。你也见过她,但是你从来没有和我提过。"

"可我根本想不起来了。"

过了一会儿,我感到安德烈娅稍微平静了一点,她泡了两杯咖啡,然后和我一起喝咖啡。她又开始笑了,问起我升职的事,她和我说很担心周一的聚会,因为那个早上,她知道了朋友们的朋友又邀请了其他的人,而地方却太小了。我努力让自己假装相信这一切不过是神经崩溃造成的,只是为了疏解月经前的压力,发泄一下嫉妒。

我拥抱了她,她靠着我的肩膀。我希望自己能睡着,尽管我已经筋疲力尽。那天晚上,我什么梦都没做,没有一丁点的先知先觉。

第二天,我醒来后,看到她的衣服已经不在了,房子的钥匙放在桌子上,她没有留下任何告别的字条。

黛德丽·奥尼尔，又名埃达

人们读过很多关于女巫、仙女、超能力，以及小孩子被恶灵附体的书。他们也看过很多宗教仪式方面的电影，这里面有五芒星，有宝剑，还有召唤灵魂。好吧，人们需要让想象力驰骋，需要经历这些阶段，而经历了这些阶段又没有让自己受到欺骗的人，最终将接触到传统。

这才是真正的传统，导师不会告诉学生应该做什么。他们只是旅伴，共同分享着同一种艰难的感觉——这就是异样感，因为感知不断变化，毫不停歇；前路被打通，大门却紧紧闭着；河流随时可以把路冲毁，我们实际上不是穿过这些河流，只是走在上面而已。

导师与学生的区别只在于这一点：前者比后者少了一点害怕。这样，当两个人坐在桌子边或火炉旁，那个经验稍微丰富一点的人会这样建议："为什么你不这么做呢？"但他从来不会说："你从这里走，这样才会到达我曾去过的地方。"因为每一条路都是唯一的，每一个人的目的地都属于他自己。

真正的导师会激发学生的勇气，让他破坏自己世界的平衡，尽管他也会害怕即将遭遇的东西，在下一个转弯处，他甚至会更加害怕。

我曾是一位年轻而又充满热忱的医生。我参加了英国政府的交换计划，前往罗马尼亚腹地，去帮助那里的人。出发的时候，我不但在行囊中装满了药品，而且让脑袋里充斥着理想：我清楚地知道人们该怎么做，知道怎样才能得到幸福，我们应该让内心的梦想永远燃烧，人与人之间的关系应该得到改善。我们抵达了布加勒斯特。我去了特兰西瓦尼亚，给那里的民众接种疫苗，这是医疗计划的一部分。

我那时不知道自己只是这盘错综复杂的棋局上的一颗棋子，我的理想被看不见的手摆布着。我曾认为这个计划是为了增进人类的福祉，其实却另有深意，是为了巩固当权者儿子的统治，这样他们便会允许英国向这个苏联人控制的市场出售武器。

我的美好愿望直直地坠入深渊，我看到疫苗根本不够，而其他疾病正在那个地区流行。我不停地写信，要求分派给我更多的资源，但都失败了，他们说除了他们让我做的事情之外，其余的事不要我插手。

我感觉自己很无能，心神不宁。我近距离地看到了人们的悲惨，如果有人能给我一点点英镑，我便可以做点事情，但是他们并不在乎结果。我们的政府只想把新闻登在报纸上，这样便可以对政党或选民说已经向世界不同的地区派了人，从事人道主义工作。他们的意图是好的——除了卖武器之外。

我绝望了。这个世界真见鬼！一天晚上，我走进冰冷彻骨的森林，我要咒骂上帝，他对一切人一切事都不公平。就在我靠坐在一棵栎树下面的时候,我的保护人走到了身边。他说我会冻死的,我回答说我是个医生,了解人体的极限,等觉得自己受不了的时候就会回营地去。我问他在这里做什么。

"在和一个能听见我说话的女人谈话,因为男人们都聋了。"

我以为他说的是我,但并不是这样,其实他说的是森林。我看到这个男人在森林里游走,我不太明白他的行为和话语,但是一种平静的感觉进入了我的心底,无论如何,在这个世界上,我并不是唯一的自言自语的人。就在我准备回去的时候,那个男人走到我身边。

"我知道你是谁,"他说,"村子里都说你是好人,你的脾气很好,总是帮助别人。但是我看到的你却不是这样:你充满愤怒,而且失败。"

我不知道眼前这个人是不是政府的密探,但还是决定告诉他自己的感觉,我需要发泄一下,即便冒着被捕的危险。我们朝着我工作的营地医院走去,我带他来到宿舍,那个时间宿舍里没人(同事们去城里参加一年一度的节日了),我想请他喝点东西。他从包里掏出了一个瓶子。

"巴林卡。"他说,这是该国的一种传统饮料,酒精度数极高。"让我请你吧。"

我们一起喝起酒来,我没觉察到自己已经慢慢地醉了。我想去上厕所,被什么东西绊到了,一下子摔倒在地上,这时才意识到我喝多了。

"别动,"那个男人说,"看看你眼前的东西。"

那是一排蚂蚁。

"大家都认为它们是最聪明的。它们有记忆、制度、组织能力以及献身精神。夏天的时候,它们寻找食物储存起来,等到冬天再吃。现在它们又出动了,在这个冰冷的春天,它们要去工作。即使明天世界就会被核战争毁灭,蚂蚁却一定可以存活下来。"

"您是怎么知道这些的?"

"我学过生物。"

"那你为什么不去工作?不是这样才对得起人民吗?你在森林中又在做什么?一个人和树说话?"

"首先,我不是一个人。另外,除了树以外,你也在那里。不过我还是要回答你的问题:我放弃了生物,当了个铁匠。"

我费力地站起来,觉得天旋地转,不过我足够清醒,明白这个可怜人的处境。尽管他念过大学,却找不到工作。我说在我的国家也有这种事。

"我说的不是这个。我放弃了生物,因为我喜欢当个铁匠。我打小就对打铁着了迷,男人们挥舞着大锤砸在铁上,谱出了一种奇怪的音乐,在他们的周围火星四溅。然后,他们会把烧红的铁放在水里,一股雾气蒸腾而上。我是一个不幸的生物学家,因为我的理想是让坚硬的金属具有柔软的形状。直到有一天,一位保护人出现了。"

"一位保护人?"

"当我们看到蚂蚁井井有条地做计划好的事情时,你会惊叹,这太不可思议了!从遗传角度来说,兵蚁就是要为蚁后献身的,工蚁可以拖动比自己重十倍的叶子,还有工程蚁,它们修建的地道可以抵御暴雨和洪水的侵袭。它们会和自己的敌人殊死斗争,为了群体鞠躬尽瘁，但是从不会问自己：我在这里做什么？

"人们试图模仿蚂蚁的完美社会，生物学家的角色我扮演得很好，直到有一天，一个人来到我身边，他问我：'你觉得你工作得快乐吗？'

"我回答说：'当然快乐了，我对人们是有用的。'

"'可这就够了吗？'

"我不知道是不是够了，但是我说，我觉得他这个人既高傲又自私。

"他回答说：'可能是吧。不过，从人承认自己是人开始，便一直做着同一件事，这就是保持事物的组织性，而你所做的不过是重复这件事而已。'

"'但是，时代在进步。'我说。他问我是不是了解历史。我当然了解。然后他又问了另外一个问题：'几千年前，难道我们没有能力修建大型建筑吗？那金字塔该怎么算？难道我们不能崇拜神祇，不能纺布织衣，不能打仗，不能找情人找老婆，不能传递信息吗？当然是可以的。但是今天，尽管我们用有工资的奴隶代替了免费的奴隶，所有的进步却只局限于科技领域。人类依然被祖先曾有过的困惑纠缠着。或者可以这样说，其实一切都没有进步。'从那一刻开始，我明白了这个向我提问的男人是天国派来的，他是天使，是保护人。"

"为什么你叫他保护人？"

"因为有两种传统：一种传统在许多个世纪里让我们重复着同样的事情。另一种则为我们打开了未知世界的门。但这第二种传统危机四伏，让人不安，因为如果它有了很多信徒，便会摧毁这个社会，这个人们像蚂蚁那样费心费力组织起来的社会。因此，第二种传统变成了秘密的行为，它能够苟延残喘到今天，是因为它的信徒们发明了一种隐秘的语言，这是通过象征实现的。"

"那你还问了其他问题吗？"

"当然了，因为尽管我一再否认，他却知道我对自己的工作一点都不满意。我的保护人说：'我害怕朝着地图上没有的地方走，尽管我很害怕，但一天下来，我却感到生活很有意思。'

"我还在纠缠着传统那个问题，他说：'如果上帝是一个男人，我们会有食物充饥，有个屋子睡觉。而如果母亲最终收复了自由，也许我们得席地而卧，让爱滋养我们，或者说，也许我们能够平衡激情和工作。'

"这个男人后来成了我的保护人，他问我：'如果你不是生物学家，你会做什么？'

"我说：'铁匠，但那不怎么能挣钱。'他说：'现在的这个你不是你自己，当你对此感到厌倦时，就可以去过快乐的生活，并从打铁中感受到乐趣。时间一天天过去，你会发现它不仅会带给你乐趣，还会带给你意义。'

"'我该如何去遵循你所说的这种传统呢？'

"'通过象征，我已经说过了。'他回答说，'先做你想做的事，剩下的会慢慢揭示给你。你要相信上帝是母亲，她照管着自己的孩子，不会让任何不好的事情发生在他们身上。我这样做了，并且生存下来。我知道另外一些人也是这样做的，然而他们被人当成了疯子，当成了不负责任的迷信的人。他们在自然中寻找存在于此的启示，因为世界就是世界。我们建造了金字塔，我们也可

以发展象征。'

"他说完了,然后离开了。此后我再也没有见过他。

"我只知道,从那一刻起,象征开始出现,因为那场谈话张开了我的眼睛。我踌躇了很久,终于在一个下午对家人说,尽管我拥有世人梦想的一切,但是并不幸福,实际上,我生来就是做铁匠的。我的妻子强烈反对,她说:'你生来就是个吉卜赛人,你受了很多委屈才走到今天,现在,你要回到从前吗?'我的儿子却很开心,因为他喜欢看村里的铁匠打铁,也讨厌大城市里的实验室。

"我将生活分成两部分:生物研究和当铁匠的助手。我很累,但比从前开心很多。一天,我终于放弃了工作,开了自己的铁匠铺——开始我就完全错了。就在我开始相信生活的时候,事情却一点点地慢慢变坏。有一天,当我工作的时候,我察觉到有一个象征在那里,就在我面前。

"我收下没有用过的铁皮,要把它们变成汽车零件、农用工具或者厨房用具。怎么才能做成呢?首先,我要在地狱一般的温度里加热铁皮,直到它们变得红彤彤的。之后,我不能有一点仁慈,要立即挥动铁锤狠狠砸向铁皮,要多砸几下,直到它被锤锻成我想要的形状。

"然后把它浸在冷水桶中,由于温度骤变,铁仿佛要爆开,嘶嘶地叫着,小作坊里到处可以听到蒸汽的声音。

"我得不断地重复这个过程,直到把东西做好,仅仅一次是不够的。"

铁匠停顿了很长时间,他点起一根烟,然后接着说:

"有时，我得到的铁片无法承受这种虐待。挨过酷热，受过重锤拷打，浸过凉水之后，它身上满是裂缝。我知道它再不可能变成好的犁铧或者发动机的轴心了。那么，我只好把它扔进废铁堆里，就是你在我的铁匠铺门口看到的那个。"

铁匠又停顿了一会儿，然后这样结束了谈话：

"我知道上帝把我放进了痛苦的火焰里。我得承受生活给我的重击，有时候我感觉自己如此冰冷，如此无情，就像让铁遭了大罪的冷水一样。但我唯一恳求的是：我的上帝，母亲，请不要放弃我，直到我被锤锻成你期望的形状为止。你可以用你认为好的方式，多长时间都可以，但是请不要把我扔进心灵的废铁堆中。"

我结束了和那个男人的谈话，尽管宿醉未消，却明白我的生活发生了改变。在我们的知识之外，还有另一种传统，我需要寻找那些人，那些有意识或无意识地表现出了上帝的女性形象的人。我不应咒骂政府或政治伎俩，决定去做我真心愿意做的事——救死扶伤。至于其余的事情，我没什么兴趣。

由于没有必要的资源，我便走向当地的人民，他们把我带入一个草药的世界。我开始知道这是一种民间传统，可以追溯到很久很久以前，通过经验而不是科学知识一代又一代地传承下来。在它的帮助下，我可以超越限制做更多的事。我去那里，不仅仅是为了完成大学的任务，也不是为了帮助我的政府卖武器，更不是要给政党做什么宣传。

我去那里，是因为救死扶伤让我快乐。

它让我接近了自然，接近了心口相传的传统，接近了植物。

我回到英国，决定找其他医生谈谈，我问他们："你们确实知道怎么开药方，还是有的时候是凭着直觉去开药方？"开始的时候，大家都不说话，后来几乎所有的人都承认，很多时候他们是被一种声音指引着，而当他们不尊重它的建议时，治疗便会出现问题。毫无疑问，大家使用了所有可行的技术，但是也都知道有一个角落，一个黑暗的角落，那里有着真正的治疗方法，能做出最好的决定。

我的保护人将我的世界的平衡打破了——尽管他不过是一位吉卜赛铁匠。我每年至少去一次他的村落，当我们勇敢地用另一种方式看待世界时，生活将怎样呈现在我们眼前？我们会一起讨论这个话题。在几次拜访中，我结识了他另外的学生，我们常常一起谈论我们的恐惧和收获。我的保护人说：我也害怕，但现在发现一种智慧就在面前，所以会继续向前。

现在，作为医生，我在爱丁堡挣了不少钱，要是去伦敦工作会挣得更多，但是我更愿意好好享受生命，有更多空闲时间。我做我喜欢做的事，就是把那些古老的治疗方法，那神秘的传统，同现代医学，即希波克拉底[①]的传统和最新技术结合在一起。我正在写一本相关的专著，很多"科学"团体的成员看到我的文章发表在一本专业杂志上后，将勇敢地去做内心要求他们做的事。

我不相信头脑是一切邪恶的源泉，因为疾病的存在也是原因之一。我认为对于人类来说，抗生素和抗病毒药物的出现是一大进步。如果我的病人得了阑尾炎，我不会只让他冥想，因为他需

[①] 古希腊医师，西方医学奠基人，《希波克拉底誓言》阐述了医生的行为准则，对后世产生了重要影响。——译注

要的是干净利落的外科手术。总之，我迈出了这一步，既无所畏惧又充满畏惧，我既追寻着技术又追寻着启示。我足够谨慎，不会随便谈起这种事情，不然他们会叫我"江湖骗子"，那样的话，许多我本可以拯救的生命会因此送命。

陷入疑惑的时候，我会乞求大地母亲的帮助。她从来不会不给我回答。但她总是劝我谨慎从事。我当然也是这样劝告雅典娜的，至少劝了她两三次。

但是她太痴迷于这个刚刚发现的世界了，因此没有听我的话。

一份伦敦报纸，1994年8月24日

波多贝罗女巫

发自伦敦（记者杰米里·卢顿）"出于某些原因，我并不相信上帝。看看那些相信上帝的人都干了些什么吧！"一位波多贝罗大街的商贩罗伯特·威尔森这样评价。

这条因古董商店和周末的二手市集而闻名于世的大街，昨天晚上却变成了战场，肯辛顿－切尔西区至少出动了五十名警力平息动乱。冲突中五人受伤，但无人情况严重。这场"野战"用时两小时，原因是伊安·巴克神甫召集了一场示威活动，反对一种被他称为"英国中心地带的撒旦信仰"的宗教仪式。

巴克神甫说，六个月以前，每到周一晚上，都会有一群可疑人士在这里出没，他们让邻居们不能安生睡觉，因为他们要在那天召唤魔鬼。主持仪式的是黎巴嫩人莎琳·卡利尔，她自称雅典娜，即智慧女神。

之前大约有两百人在东印度公司原来的粮仓里集会，不过随着时间的推移，过去几个星期，大约有同样数量的人集

聚在门口，希望能有机会进去参加仪式。神甫曾发出口头警告，请求当局处理，并向报社投过联名信，但都没有任何效果，因此他决定动员整个教区，要求所有教民于昨晚十七时三十分在粮仓门口集合，不能让任何一个"撒旦的崇拜者"进去。

"我们接到第一起报案后，便立即派出警力监察这个地区，但是我们没有发现任何吸毒或从事其他非法活动的迹象。"一位官员说，他不想透露姓名，因为相关调查已经展开，人们想弄清究竟发生了什么。"由于音乐十点钟就停了，因此并没有违反噪音法，我们什么也不能做。英国允许信仰自由。"

但是巴克神甫对此另有看法。

"实际上，这位波多贝罗的女巫，这位招摇撞骗的导师和政府高层有关系，因此警察才会消极处理，他们拿的是纳税人的钱，应该维持秩序和道德。我们生活在一个允许一切的时代。民主会因为这种无节制的自由而被吞噬，被毁掉。"

这位神甫还说，从一开始他便不相信这伙人，他们租下了一幢摇摇欲坠的建筑，然后每天清理修复它，"这充分说明了他们属于异教，而且已经被洗了脑，因为这个世界上没有一个人会免费劳动。"当被问到他的教民是否也不做慈善工作或到教区帮忙时，巴克辩解道："我们所做的一切是凭着耶稣的名义。"

昨天晚上，当莎琳·卡利尔、她的儿子和几位朋友来到仓库时，她的追随者正等在门口，巴克神甫的教民不让他们进去。他们高举标语牌，并使用扩音器号召民众加入。稍后，争执升级为肉搏，很快便无法控制任何一方。

"他们自称是为耶稣而战，实际上他们希望的却是让我们再也听不到耶稣的声音，他说过'我们大家都是神'。"著名演员安德烈娅·麦肯锡如是说，她是莎琳·卡利尔，即雅典娜的追随者之一。麦肯锡小姐受了刀伤，但是立即得到了救治，随后她便离开了事发地，因此报道无法就她和该信仰的关系发表更多看法。

事态平息后，卡利尔女士一直忙于安抚她八岁的儿子，据她说，在那个古老的仓库里面进行的是一种集体舞蹈，然后她会召唤一位名叫哈吉娅·索菲娅的神，人们可以向她提问。最后，进行过一个布道和献给"大地母亲"的集体祷告，仪式结束了。一位收到头几份报案后负责出警的警官也证实了这一点。

据我们所知，这个团体没有名字，也没有作为宗教团体登记。但是，律师夏尔顿·威廉姆斯认为这并不是必须要有的："我们生活在一个自由的国度，人们可以在密闭的空间里集会，进行非营利性的活动，只要该活动不违反我国民法典的任何法规，例如种族歧视或吸食麻醉品。"

卡利尔女士坚定地表示，不会因为这些滋事行为而中断举行仪式。

"我们结成群体，这样才能相互鼓励，因为很难独自面对社会的压力。"她说，"我请求贵报揭露这么多个世纪以来我们承受的宗教压力。只要我们的所作所为与国家承认的宗教不相符，我们就会受到压迫——就像他们今天做的那样。

从前，我们可能会殉难，被投进监狱，被火烧死，遭受流放。但是今天我们有条件反抗，暴力会用暴力来偿还，就像同情会得到同情的报答一样。"

至于巴克神甫对她的指责，她同样以指责回敬，说他是个"任意摆布教民，鼓励暴力行为，拿无知作借口，用谎言当武器"的人。

根据社会学家阿索德·雷诺克斯的观点，这种现象近几年频繁发生，也许说明了宗教间日益严峻的对抗。"这个时代，乌托邦已经无法给社会理想提供渠道，整个世界回到了宗教觉醒的时代，这是文明对重大时间节点的恐惧的结果。因此，我相信，如果到了二〇〇〇年世界依然存在，那么理智便会占据上风，宗教会重新成为那些总是希望找到指引的弱者的避难所。"

堂·埃瓦利斯托·皮埃查，梵蒂冈在英国的助理主教却反驳了这种观点："我们看到的并非是一种所有人都期盼的精神觉醒，而是一种被美国人称作'新时代'的潮流，这是一种文化大杂烩，它允许一切，但是不尊重教义，最荒谬的思想再一次侵袭了人类的大脑。然而，一些人对此深信不疑，就像这位女士一样，他们试图把他们错误的思想灌输进那些脆弱而又需要建议的心灵中去，他们唯一的目的是攫取钱财，控制他人。"

正在伦敦歌德学院访学的德国历史学家弗朗茨·赫尔伯特持有不同意见："一旦宗教的地位得以确定，便拒绝回答人类的基本问题，比如人的身份以及生活的理由等等。

此外，他们只关注教义或规范的建立，便于进行社会或政治管理。这样，真正致力于灵魂求索的人将走上其他道路。也就是说，毫无疑问，回归过去或者原始信仰，直到它们被权力组织侵蚀为止。"

在处理这起案件的警察局，威廉姆·默顿警官说，如果莎琳·卡利尔及其团队决定下周一继续举行集会，如果他们觉得受到了威胁，可以以书面形式申请警方保护，这样可以避免同类事件发生。（采访助理：安德鲁·菲舍；摄影：马克·纪廉）

赫伦·瑞恩，记者

我是在从乌克兰回来的飞机上读到的报道。我返回了英国，但满腔困惑。我依然没有搞清楚，切尔诺贝利的悲剧到底是真的那么严重，还是被石油生产者利用了，因为他们想阻止人们使用其他能源。

看完手头的这篇文章，我简直害怕极了。照片里，满地都是破碎的玻璃，巴克神甫暴跳如雷——这会带来危险，而另外一位美丽的女士正拥抱着自己的孩子，她的眼睛喷着怒火。我立即明白这报道既会带来好的东西，也会带来不好的一面。我从机场直接赶往波多贝罗，我相信这两种预感最后都会成真。

从好的方面说，下周一的集会成了该地区历史上最成功的活动。人们从四面八方赶来，有些人读了报纸，知道了那个女人，所以想过来看看热闹；还有些人高举着标语，捍卫信仰和表达的自由。那个地方只能容下两百人，人们只好密密麻麻地挤在小巷里，希望至少能看一眼那个女人，她仿佛是受压迫者的祭司。

她到了，大家用鼓掌、扔纸片和呼喊口号迎接她。有些人向她扔鲜花，还有一位看不出年龄的女士请求她继续战斗，为了女性的自由，也为了信仰母亲的权利。

上周捣乱的教民也许被这汹涌的人群吓到了，所以没有出现，尽管就在前几天，他们还在散布着威胁的言论。没有发生任何袭击行为，仪式顺利地进行，程序与往日也没有什么不同——先是跳舞，然后哈吉娅·索菲娅现身（此时，我已经明白她不过是雅典娜的另外一面），最后是欢庆，（这是最近才加入的环节，一位最早的参加者提供了这个仓库，大家便转移到了这个地方，才有了这个环节）。再没有别的了。

我发现布道中的雅典娜仿佛被附了体。

"我们大家都对爱负有责任，我们要让它以它认为最好的方式表现出来。当黑暗的力量，当那些灌输'罪'这个词来控制我们的灵魂和思想的力量，当它们接近我们的时候，我们不能也不应该害怕。什么是'罪'？耶稣基督是我们大家都熟识的人，他曾经对一位通奸的女人说：'没有人定你的罪吗？我也不定你的罪。'每逢星期六，他为人们治病；一位妓女想为他洗脚，他允许她这样做；他邀请与他同钉在十字架上的强盗一起享受天国的快乐，他吃禁忌的食物，他告诫我们只担忧今天，因为野地里的百合既不劳苦也不纺纱，却穿戴得如此荣华。

"什么是罪？罪是阻止爱的显现。母亲就是爱。我们身在一个新的世界，可以选择自己的路，而不是社会强迫我们去走的那条。必要的时候，我们要再一次面对那些黑暗的力量，就像上个星期我们曾做过的那样。但是，没有人可以禁锢我们的声音，我们的灵魂。"

我看到这个女人渐渐变成了偶像。她坚定而庄重地讲了这些话，她完全相信这一切。我屈服了，可能事情真会这样，我们真的面对着一个新世界，而我将是这一切的见证。

她走出仓库，又受到了圣徒般的礼遇，如同她进入时一样。她在人群中看到了我，叫我陪在她身边，对我说我不在的这个星期，她心里空落落的。她很开心，她相信自己，相信自己所做的是正确的。

这便是那篇报道的正面效应，但愿一切可以到此为止。我真希望自己判断错了。但是三天之后，我的预感被证实了：负面效应一下子爆发出来。

巴克神甫召开了一场记者招待会，他说根据报纸上刊登的所有内容，他已向法院提起诉讼，指控雅典娜中伤诽谤他，给他造成了精神上的伤害。他聘请了英国一家最为知名也最为保守的律师行，该行的主管与政府高层有着密切的关系——是他们有，而并非是雅典娜。

主编找了我，他知道我与这个处于风口浪尖的女人交情不错，因此向我建议做一次特别访问。开始的时候，我只想一口回绝：怎么可以利用友情来提高报纸的销量呢？

但是，我们又谈了一会儿，我开始觉得这或许是个不错的建议：对她来说，这是个说明自己观点的机会。说得更远一点，她可以利用这次访问推动她为之抗争的事业。从主编室出来的时候，我已经对将来的计划了然于胸，我们将做两方面的系列报道：一是新出现的社会性倾向，二是宗教追寻所造成的变化。而在其中一篇报道里，我将刊登雅典娜的话。

就在和主编会面的那天下午，我去了她家。她从仓库出来的时候，向我发出了这个邀请，现在不过是顺便而已。从邻居那里，我得知前一天法院的人也来过，给她送传票，但是没有等到她。

过了一会儿，我打电话给她，她还是不在。傍晚时分，我又打了一次，还是没人接电话。此后，我每隔半小时给她打一个电话，电话越打越多，我的不安也越来越重。因为哈吉娅·索菲娅治愈了我的失眠，夜里十一点的时候，倦怠让我不得不倒在床上，但这一次痛苦使我彻夜未眠。

我在电话簿上找到了她母亲的名字。但是太晚了，如果她不在那里，家里人会急死的。我该怎么做？我打开电视机，想看看有什么事情发生——什么都没有，伦敦还是那样，繁花似锦而又危机四伏。

我决定最后再试一次：电话响了三声之后，那边有人接电话了。我立刻认出电话那头是安德烈娅的声音。

"你想干什么？"她问。

"雅典娜让我找她。她还好吗？"

"显然她还好，或者她不好，完全取决于你怎么看这件事。但是我想你能帮上忙。"

"她在哪里？"

她挂了电话，不肯说更多的细节。

黛德丽·奥尼尔，又名埃达

雅典娜住在我家附近的一家旅馆里。伦敦的本地新闻，尤其是这种周边地区的小小冲突，从来不会传到苏格兰。英格兰人怎么处理他们的小问题，那是他们自己的事，我们一点也不感兴趣。我们有自己的旗帜，自己的足球俱乐部，不久之后还将有自己的议会。在这个时代，我们还得使用英格兰的电话区号，使用他们的邮局印鉴，我们依然吞咽着玛丽·斯图尔特争位失败的苦果，这确实有点凄惨。

英格兰人砍下了她的头颅，他们的借口当然是宗教问题。我这位学生面临的困难并不是什么新鲜事。

我让雅典娜好好休息了一天。第二天早上，我没去常去的小神庙，也没有做那些仪式，而是带上她和她的儿子来到爱丁堡附近的一处森林。孩子在森林里玩耍着，他自由自在地在树木之间跑来跑去，这时，雅典娜向我详细地讲述了发生的一切。

"这是白天，天空被乌云遮蔽了。除了这层层乌云，人们还相信有一位万能的上帝，他为人们指路。然而，你看看你的孩子，看看他的双脚，听听他身边的声音：母亲生活在那下面，她离我们非常近,她把快乐带给孩子,把力量带给踏在她身体上的人。为什么人们宁愿相信遥不可及的事,却忘了这可见的奇迹的真实表现呢?"

"我知道答案:因为在那里,在上面,那个人指引着,下着命令,他躲藏在乌云之后,不让人质疑他的智慧。在这里,在下面,我们的肉身连接着神奇的现实,我们可以自由选择要走的路。"

"说得真好!说得真对!你认为人类希望的是这个吗?他们希望拥有这种选择自己的路的自由吗?"

"我想是的。双脚下的这块土地为我设计了奇怪的路途:从特兰西瓦尼亚的一个小村子,来到了中东的一座城市,又从那里出发,来到了一座岛屿上的城市,接着又去了沙漠,之后再回到特兰西瓦尼亚。从一所城郊的银行到一家波斯湾的地产公司。从一群跳舞的人到一位贝都因老人。是我的双脚一直推动我向前,因此我回答'是的',而非'不是'。"

"你从中获得了什么?"

"今天,我可以看到人们的灵光,可以唤醒自己心灵的母亲。现在,我的生命具有了意义,我知道我该为了什么而奋斗。但是你为什么这样问?你也获得了所有力量之中最强大的那一种:治病救人的才能。安德烈娅现在可以预言,也可以和灵魂谈话。我正注视着她灵魂的每一个进展。"

"你还获得了什么?"

"活着是快乐的。我知道我就在这里,一切都是奇迹,都是揭示。"

孩子摔倒了,擦破了膝盖。雅典娜本能地跑到他身边,为他擦干净伤口,她告诉他这算不了什么,然后孩子又开始在森林里快乐地玩了。我将用这件事作为一个暗示。

"刚才发生在你儿子身上的事,也曾降临在我身上。现在也正降临在你身上,对吗?"

"是的。但是我并不认为我被绊了一下,然后摔倒了。我觉得我又一次被试探了而已,它会教我下一步该怎么走。"

这个时候,导师什么都不能说,只能赐福给自己的学生。因为即使你希望她少遭受痛苦,她的路也已经设计好了,她的脚步迫不及待地想踏上那些路。我建议晚上我们再来森林,但是只有我们两个。她问我可以把她的儿子放在谁那里,我说这件事交给我就好——我有一位好邻居,总是照顾我,她会愿意照顾维奥雷尔的。

傍晚的时候,我们又回到了这个地方。一路上我们谈了很多,却与即将举行的仪式没有任何关系。雅典娜看到我用一种新的蜜蜡脱毛,她对这个产品很感兴趣,想知道和老办法相比,这东西到底好在哪里。我们开心地聊着各种东西,像时尚、虚荣、便宜的购物场所、女性行为、女性主义、发型等等。她曾说过"心灵没有年龄之分,我不明白为什么我们关注这些东西",但是后来,她却发现放松一下,谈谈这些肤浅的东西并不会造成多大的问题。

而且恰恰相反,这种谈话非常有意思,追求美丽从来都是女人生命里非常重要的事情。(男人也是如此,只是方式不同,而且他们不像我们这样勇于承认。)

越接近我选择的这个地方——或者说,被森林藏起来的地方,我越能感受到母亲的存在。对于我来说,这种存在体现在一种神秘而又确定的内心的快乐里,它让我激动不已,甚至让我热泪盈眶。应该停下来,去做点其他的事了。

"去捡一些树枝。"我请求她。

"但是太黑了。"

"满月照着呢,足够亮了,尽管它躲在云朵后面。你要教导你的双眼,它们能够看到你想不到的东西。"

她开始去做我央求她做的事情,一会儿她回来了,低低地咒骂着,因为她被荆棘刺伤了。半个小时过去了,这段时间里我们完全没有交谈。母亲的存在让我激动,我身边的这个女人,她就像小女孩一样,她相信我,陪伴我完成这场探索,尽管对正常人来说,这看起来太过疯狂。她在我身边让我非常欣慰。

雅典娜还处在回答问题的阶段,她下午便回答了很多我问的问题。我也曾经这样,直到我可以完全进入那个神秘王国,在那里冥想、庆贺、崇敬、感谢,并让自己的才华显露出来。

我看着雅典娜仔细地翻捡树枝,仿佛看到了一个小姑娘,我也曾经是她,曾经寻找着隐藏的秘密和力量。然而生活教给我的却完全不同:力量不是隐藏的,秘密很早以前便已被揭露。我看到树枝的数量足够了,便示意她停下来。

我自己找了一些大点的枝杈,放在树枝堆上;生命也是如此。为了让火熊熊燃烧,树枝需要首先消耗掉自己。如果我们想释放强者的能力,就先得让弱者得到表现的机会。

如果我们想知道能力已经与我们同在,如果我们想知道秘密已经被刺破,在此之前,必须让表象——期望、害怕、外在——

先被消耗殆尽。这样，我们才可以进入平静之中，如同置身于这森林，风轻轻地吹拂，月亮躲藏在云后面，夜晚出来猎食的野兽吼叫着，这一切构成了母亲由生到死的循环，而不会因为服从自己的自然本能而遭受批判。

我点燃了篝火。

我们两个都不想说话——那一段时间好似永恒一般，我们只是看着火苗跳动。我们知道在那一刻，世界的很多地方，有无数人正围坐在火炉前，即便他们的房子有最现代的供暖设备。他们这样做，是因为他们面前有一个象征。

我费力地摆脱了这种迷狂，尽管它没告诉我什么特别的东西，也没让我看到神祇、灵光和幽灵，但它让我感恩，这正是我需要的。我又一次将意念集中于现在，集中在我身边的这个女人和必须去做的仪式上。

"你的学生怎么样？"我问。

"她是个不容易满足的人。但如果不这样，我可能也学不到想学的东西。"

"她发展了什么能力？"

"她可以和平行世界中的灵交谈。"

"就像你和哈吉娅·索菲娅交谈一样？"

"不。你知道哈吉娅·索菲娅是母亲在我体内的现身。她和看不见的生灵说话。"

我已经明白了，但是还想确证一下。与往日相比，雅典娜显得异常沉默。我不知道她是不是和安德烈娅谈过伦敦事件，不过现在提这事有点不合时宜。我站了起来，从背包中掏出一把草药，这是我精心挑选过的,然后我把它们抛进了火堆里。

"木头开始说话了。"雅典娜说,好像她面对的是一件极其寻常的事情。这样很好,奇迹已经成了她生命的一部分。

"它在说什么?"

"这会儿什么也没说,只有声音。"

几分钟之后,她听到篝火里传出了歌声。

"太美了!"

她是个小女孩,不是女人或母亲。

"你站在那里,别集中意念,不必试图跟着我做,不必试着弄清楚我在说什么。放松,享受当下。有些时候,这就是我们能期盼的生活。"

我跪下抓了一把烧成炭的树枝,画了一个圈,把她围在里面,我留下了一点空隙,让自己也进得去。雅典娜听到的音乐,我也听到了。阴性的大地敞开胸怀接受了阳性的火,我在雅典娜身边跳舞,呼唤它们的结合,然后一切都变得纯净,树枝、树干、人类、看不见的灵中的能量变成了力量。篝火在歌唱,我在跳舞,我微笑着,保护着圈子里面的这个人。

火焰熄灭了,我抓了一点灰,把它撒在雅典娜的头上。然后,我用脚擦去了她周围的圆圈。

"非常感谢,"她说,"我感到有人喜欢我,爱我,保护我。"

"困难的时候,你不要忘记它。"

"现在我已经找到了自己的路,不会再有困难的时候了。我知道自己有一个使命要去完成,不是这样吗?"

"是的,我们大家都有要去完成的使命。"

她开始不安起来。

"你没回答我那个'困难的时候'的问题。"

"这不是个聪明的问题。你要记住你刚刚说过的话：有人喜欢你，爱你，保护你。"

"我会尽我所能。"

她的眼睛里噙满泪花，雅典娜明白了我的回答。

萨米拉·卡利尔,家庭主妇

"我的外孙!我的外孙和这件事有什么关系?上帝呀!我们究竟生活在什么样的世界里?女巫……难道我们现在还活在中世纪吗?"

我向他跑去。孩子的鼻子流着血,脏乎乎的,但是他似乎并不在意我的绝望,然后他推开了我。

"我会自卫。我已经保护了自己。"

尽管我没生过孩子,但了解孩子的心思,我担心雅典娜,更甚于担心维奥雷尔,对他来说,这不过是人生必须去面对的一场小争执而已,他的眼睛肿了起来,却焕发着自豪的光彩。

"学校里的一群男孩子说妈妈崇拜的是魔鬼!"

不一会儿,莎琳赶到了,她及时地看到了孩子身上的血,然后大哭大闹了一场。她想离开家,到学校找校长说理,但是我抱住了她。我任由她流着眼泪,发泄着自己的失败——在这一刻,我能做的一切便是保持沉默,在寂静中传达我的爱。

一会儿,她平静了一点,我和她说还是搬回来和我们一起住吧,我们会处理好的——她的父亲在报纸上看到她惹上了官司,已经找律师谈过了。我们将尽我们所能，哪怕是所不能的，帮她摆脱这个境地。邻居们会议论纷纷，熟人会讥笑嘲讽，还有一些朋友会假装关心，但我们能承受得住。

这世界上再没有比我女儿的幸福更重要的事情，尽管我不明白为什么她总是选择那条最艰难最痛苦的路。但是作为母亲，我什么都不用明白——只要爱她保护她就够了。

还有为她自豪。她知道我们可以给她一切，却早早地去寻求独立。她被绊倒过，被打败过，但还是坚持独自一人面对纷扰。她清楚自己冒的风险，但还是找寻着母亲，这最终却让她和我们的家庭更加贴近。我察觉到我曾给过她很多劝告，比如获得文凭，结婚，接受生活的艰难而不要抱怨，不去追求社会不允许的东西，但是她从未接受。

而结果又是什么？

了解了我女儿的故事，我变成了一个更好的人。很显然，我对大地母亲一无所知，不明白为什么她把那群奇怪的人召集在自己周围，也不懂为什么对自己辛苦努力所得的东西，她却从来不知足。

但是，说心里话，我想成为她那样的人，尽管现在想这个有点太迟了。

我想站起来弄点吃的，但是她阻止了我。

"我想这样待一会儿，在你怀里待一会儿。我要的只是这个。维奥雷尔，你回房看电视去吧。我想和你外婆说会儿话。"

孩子顺从了她。

"我让你受了不少苦。"

"没有,恰恰相反,你和你的儿子是我们快乐的源泉,是我们活着的动力。"

"但是我没有做……"

"你做得很好。今天我可以坦白:有些时候我确实恨你,我后悔当初没有听护士的话,去收养另一个孩子。我问过自己:'一位母亲怎么能憎恨自己的孩子呢?'我吃安眠药,和朋友们打桥牌,强迫自己买东西,这一切都是为了补偿我给你,但是觉得你没能回报给我的爱。

"几个月前,当你再一次决定辞去能给你带来财富和名誉的工作后,我非常绝望。我来到家附近的教堂,想发下一个誓言,恳求圣母让你恢复理智,改变生活方式,再不要浪费好好的机会。只要能换得这一切,我什么都可以做。

"我看着圣母,她的怀中抱着圣子。我对她说:'你也是母亲,知道我在想什么。你可以让我做任何事情,但是请救救我的女儿,我觉得她走上了一条自我毁灭之路。'"

我感到莎琳的胳膊抱紧了我。她又哭了起来,但这次的泪水是不一样的。我好不容易才控制住情绪。

"你知道我那个时候感到了什么?她在和我说话!她说:'听我说,萨米拉,我也这样想过。我痛苦了很多年,因为儿子不听我的话。我担心他的安全,觉得他不会交朋友,觉得他对法律、传统、宗教和老人们太不尊重了。'还需要我做更多的解释吗?"

"不用了,我明白。但是我想接着听下去。"

"圣母最后说:'但我的儿子没有听我的话。今天,我很高兴他这样做。'"

我怜爱地把她的头从肩膀上移开,然后站起来。

"你们该吃饭了。"

我走到厨房,做了洋葱汤和达布里沙拉[①],把无酵面包加热了一下,然后放好桌子,招呼大家一起吃午饭。我们聊着无关痛痒的话题,它们此刻连接着我们,证明了爱的存在。我们静静地坐在屋里,外面狂风肆虐,暴雨如注,几乎要把大树连根拔起。这个下午,我女儿和外孙将越过那道门,重新面对狂风骤雨,电闪雷鸣——但这是他们的选择。

"妈妈,你说过你可以为我做任何事,是吗?"

当然是的,如果有必要,我甚至可以付出我的生命。

"你觉得我是不是也该为维奥雷尔做任何事?"

"我觉得这是一种本能。不过,除了本能之外,还是我们之间的爱的体现。"

我接着说:

"你知道他们在控告你,如果想寻求帮助,你的父亲已经准备好帮助你了。"

"我当然想。我们是一家人。"

我思虑再三,还是没能忍住。

"我能给你个建议吗?我知道你有些朋友来头不小。我是说那位记者。为什么你不让他报道你的故事,讲一讲你自己的看法呢?现在媒体都被那个神甫占据了,人们会觉得他是对的。"

"那么,你不但接受了我做的事情,而且要帮我吗?"

[①] 一道阿拉伯菜,碎麦粒加上番茄、洋葱、薄荷叶和香芹拌成的沙拉。——译注

"是的,莎琳。尽管我不理解你,尽管有时我像圣母那样痛苦,尽管你不是耶稣基督,你没有福音传给世人,我还是站在你身边,我想看你取得胜利。"

赫伦·瑞恩,记者

雅典娜进来的时候,我正在记录那些搜肠刮肚得来的问题,我想做一次完美的采访,记录下波多贝罗事件和女上帝复活的一切。这是个棘手的问题,非常棘手的问题。

那天,在那个仓库里,我听到那个女人说:"你们是有能力的,按照母亲教授的去做吧——相信爱,奇迹就会发生。"人们同意她的话,但是这并不会持续很长时间,因为在我们生活的这个时代里,接受奴役是唯一可能幸福的方式。享受自由需要一种强大的责任感,它非常艰难,还会带来痛苦与不安。

"我需要你为我写篇文章。"她说。

我回答她说我们应该再等等,下个星期这件事就会无声无息,但是我准备问她几个女性的能量方面的问题。

"现在,对这场闹剧感兴趣的不过是那个街区和一些花边小报,没有一家严肃的报纸刊登哪怕一条相关消息。伦敦充斥着这种冲突,我不建议你去引起大的媒体的注意。最好两三个星期之内不要再搞集会。而且,我觉得女上帝这个说法可能招致许多人对你的质疑。"

"那次我们一起共进晚餐的时候,你曾经说过你爱我。但是现在,你除了说不帮我之外,还要求我放弃我相信的东西?"

怎么去解释那些话?难道她终于接受了我的爱?我那一天向她表白,这爱将伴随我人生的每一分每一秒。那位黎巴嫩诗人曾经说过,付出比得到更重要,这话是至理名言,我却不得不屈服于所谓的"人性":我软弱,有时候会犹犹豫豫,只想安生地生活。我任由自己的感觉奴役着自己,举手投降,什么都不问,甚至不想知道我的爱是否会得到回应。只要她允许我爱她就够了。我想哈吉娅·索菲娅也会完全同意我的观点。雅典娜在我的生活中出现已经有两年了,我害怕她再继续这样走下去的话,有一天会消失于天际,这样我甚至不可能在她生命的一段日子里与她相伴。

"你说的是爱吗?"

"我求你帮助我。"

怎么办?控制自己的情绪,继续伪装成冷血的模样?急着做这些事情,最后搞砸一切?还是给她需要的帮助,拥抱她,保护她不被危险伤害?

"我想帮助你。"我这样回答她,尽管我的大脑一再要求我说:"你什么都不要担心,我想我爱你。""我请求你相信我,为了你我会做一切,所有的一切。甚至是对你说'不',如果我觉得自己必须这样做,就算你不理解我,我也在所不惜。"

我告诉她,报社的主编早就建议我写几篇关于女上帝觉醒的稿子,其中包括一篇对她的采访。起初,我觉得这是个好主意,但是现在觉得还是再等等看。

"要么你就希望继续完成使命,要么你就希望保护自己。我想,你清楚地知道你做的一切比人们怎么看你重要，你同意吗？"

"我考虑的是我的儿子。每天他在学校里都会出事。"

"会过去的。一个星期之后，没人会再谈论这件事。那时就是我们行动的时候了。不是为了保护自己不受愚蠢的攻击，而是安全而又智慧地让人们看到你工作的成就。

"如果你对我的想法有疑虑，你可以决定是否继续。下次集会我陪你去。我们看看会发生什么。"

下个周一，我陪在她身边，这一次我不在人群中，可以看到她能看到的场面。

许多人聚集在这里，有许多的鲜花，也有许多的掌声，有些女孩子高声称她为"上帝的祭司"，两三位衣着华丽的贵妇请求雅典娜单独接见她们，因为家里有人生病了。人群开始涌动，我们被推到了门口——我们从来没考虑过安全问题。我很害怕。我抱着维奥雷尔，抓着她的胳膊，进入了场地。

里面挤满了人，安德烈娅正在等我们，她愤怒极了。

"我认为你今天应该告诉大家你不会施行任何奇迹！"她向雅典娜嚷着，"你被虚荣控制了！为什么哈吉娅·索菲娅不和大家说让他们离开呢？"

"因为她能指出疾病。"雅典娜针锋相对地回答说，"越多的人受惠越好。"

她们还想继续争吵，但是人群中爆发出掌声，雅典娜登上了临时搭建的舞台。她打开从家里带来的小音响，告诫大家不要去跟随音乐的节拍，然后命令大家跳舞，仪式开始了。一会儿，维奥雷尔走到一个角落,坐了下来,哈吉娅·索菲娅就在这时现身。我已经看过很多次雅典娜的行动:她突然关上了音响,把手捂在脸上,人们鸦雀无声,遵守着一个看不见的命令。

仪式没有什么变化:问题几乎都和失去的爱有关,不过也允许询问焦虑、疾病和个人问题。从我所处的位置,能看到有些人的眼中噙满泪花,另外的一些人仿佛面对着一位圣徒。我希望她能听从安德烈娅的话,不要去施行什么奇迹了。我走向维奥雷尔,想和他离开这里,这样他妈妈就不会再讲话了。

就在这时,我听到了哈吉娅·索菲娅的声音:

"今天,结束之前,我们要谈谈节食。你们忘记制度的谎言吧。"

"节食?忘记制度的谎言?"

"这几千年来,我们能够生存下来,是因为我们有吃饭的能力。今天,这种能力仿佛变成了诅咒,为什么?为什么我们四十多岁的时候,还要尽力保持年轻时的身材呢?时间是否会停下来呢?当然不能!那为什么我们要瘦身呢?"

我听到舞台下面人们交头接耳的嗡嗡声。他们盼望的是一种更加精神化的布道。

"我们不需要。我们买书,上学,我们浪费了很多时间,希望时间能停下来,而实际上我们该做的是赞颂每一个奇迹的发生。我们想的不是怎样生活得更好,而是为体重焦虑。

"忘记这些吧。你们可以读所有想读的书,做所有想做的练习,承受所有应受的磨难,你们只有两种选择:要么不活,要么长胖。

"要有节制地吃,但是要快乐地吃:恶不是进入体内的东西,而是从口中出来的东西。你们想想,几千年来我们艰难斗争,为的是不再忍饥挨饿。而我们要终其一生地保持身材，到底是谁编造了这个谎言？

"让我来回答吧：是心灵的吸血鬼，那些害怕未来的人，因此认为有可能让时间停下。哈吉娅·索菲娅发誓：这不可能。你们应该从精神的面包中获得营养，应该去使用从这之中获得的能量。你们知道大地之母既丰饶又充满智慧。尊敬这一切，你就不会因为时间之外的东西变胖。

"与其人为地消耗这些卡路里，不如把它们转变成为梦想斗争的能量。长久以来，没有人是仅仅因为节食而变瘦的。"

下面静极了。雅典娜为结束仪式起了个头，所有的人都在赞颂母亲的存在，我拉着维奥雷尔的胳膊，暗下决心，下一次一定要多带点人来，这样至少可以有些安全保证。我们离开的时候，与进来时一样，再次听到了叫喊声和掌声。

一位商人抓住了我的胳膊。

"这简直太荒唐！要是有人打破了我的橱窗，我会告你们的。"

雅典娜笑了，给大家签名。维奥雷尔看上去也很开心。我希望没有记者在场。最终我们奋力从人群里杀出一条路，叫到了一辆出租车。

我问她是否想吃点东西。雅典娜说，她当然想，她刚刚谈到的就是这个。

安东尼·洛卡杜尔,历史学家

在这一连串关于"波多贝罗女巫"的混乱中,最让我吃惊的莫过于赫伦·瑞恩的天真,他也是驰骋多年、有着国际采访经验的老记者了。我们一次谈起这件事,他看到八卦杂志上的标题时,居然十分害怕。

"女上帝的制度",其中一本这样叫嚣着。

"波多贝罗的女巫说,吃饭的同时可以减肥",另外一本的头条印着这样的标题。

那个叫雅典娜的女人不但触动了宗教这根最敏感的神经,而且走得更远:她谈论节食,这是一个会引起全体国人兴趣的问题,比战争、罢工和自然灾害都重要得多。不是所有的人都相信上帝,但是所有的人都想减肥。

记者们采访了当地的商贩,他们信誓旦旦地表示在集会之前几天,他们看到黑色和红色的蜡烛被点燃,还有几个人在那里出没,举行了一些仪式。这些题目的确耸人听闻了些,不过瑞恩应该知道当下有场官司正在审理之中,原告肯定不会放过任何一个机会,直到法官终于认为这非但是诽谤,而且是谋杀,是对构筑社会的所有价值的一场谋杀。

那个星期，英国一家主流媒体的编辑专栏中刊登了肯辛顿福音基督教堂伊安·巴克神甫写的一篇文章。其中一段是这样的：

> 作为一位好的基督徒，当我受到非正义的攻击或尊严被践踏的时候，我应该把自己的另外一边脸转过来。但是，我们不能忘记，就在耶稣把他的右脸转过来的同时，也曾使用鞭子抽打那些试图将圣殿变成贼窝的人。此刻，我们在波多贝罗大街所看到的就是这种情况：有些寡廉鲜耻的人伪装成人类心灵的拯救者，假装能治好人们，向人们的心灵许下虚假的期望，实际上却趁机作乱。他们甚至声称只要按照他们教的去做，人们就会长久地保持苗条和美丽。因此，我别无选择，只能求助于司法，希望它能阻止这种情况继续存在下去。这场运动的追随者声称他们可以唤醒从来不曾看到的才能，而且否认一位万能的上帝的存在，他们希望由异教的神，比如维纳斯或阿芙洛荻忒来代替他。对于他们来说，既然一切都自爱中产生，那么一切都是被允许的。可是，究竟什么是爱？是一种不道德的力量，不在乎任何结果？还是与社会的真正价值——比如家庭和传统——之间的约定？

下次集会上，警察害怕再次出现类似八月那样的激战，因此做好了防范，安排了六个警员以避免对抗的发生。在瑞恩临时聘请的保镖的保护下，雅典娜到达了现场，这一次，她听到的不仅仅是掌声，还有讥讽和辱骂。一位女士看到她身边有个八岁的孩子，两天之后一份请愿书便被送交到司法部门，声称母亲的所作所为对孩子造成了伤害，根据一九八九年《儿童法》的规定，孩子的监护权应该转给父亲。

一份街头小报找到了卢卡斯·杰森－彼得森，他不愿接受采访，而且他还威胁记者不要在文章中提维奥雷尔的名字，否则他可什么事都做得出来。

第二天，八卦报纸的头版头条印上了这样的标题：波多贝罗女巫的前夫说可以为了儿子去杀人。

那天下午，另外两份请愿书被送到了法院，这一次他们要求国家对儿童的福利负起责任。

之后再没有举行过集会。尽管很多人——支持者和反对者——簇拥在门口，还有很多警察忙着控制参与者的情绪，雅典娜却始终没有出现。

下一个星期，她依然没有出现，不过这一次，聚集的人和警察都明显减少了。

第三个星期，那里只剩下花朵的残迹了，只有一个人还在派发着雅典娜的照片。

这起事件已经不再是伦敦报纸评论的话题了。此时，伊安·巴克神甫决定撤回诽谤诉讼，因为"对那些悔过的人，我们应该拥有基督的精神"，这并没有引起重要媒体的兴趣，只有街区的一家报纸的读者来信专栏中全文刊登了他的文章。

据我所知，这个话题丧失了全国性的影响力，只在城市专版上还有少量刊登。

一个月之后，这种信仰消失得无影无踪。我去了布莱顿，试图和几个朋友交流一下这个问题，但是他们中居然没人听说过。

瑞恩手中有足够的材料澄清这件事情。他们报纸上刊登的东西也将被大多数媒体采信。但出乎我意料的是，他没有登出哪怕一行与莎琳·卡利尔有关的内容。

我认为，这起凶案——就其性质而言，和波多贝罗事件并没有什么关系。一切不过是可怕的巧合。

赫伦·瑞恩，记者

雅典娜要求我打开录音机。她自己也带了一台，是一种我没见过的超薄型号的录音机，非常高级。

"首先，我想说的是我现在正遭受着死亡的威胁。然后，你要发誓，如果我死了，五年之后，你才可以让别人听到这盘磁带。因为只有在未来，人们才能判断我说的是真还是假。

"说你同意这样做，因为这样我们才算达成了合法的约定。"

"我同意，但是我觉得……"

"你什么都不用觉得。要是我真的死了，这就算是我的遗嘱，但是条件是现在不能告诉任何人。"

我关了录音机。

"你不要害怕。政府里各个职位上都有我的朋友，他们要么欠我的情，要么需要我，并将继续需要下去。我们不用……"

"我没有告诉过你，我的男朋友在苏格兰场工作吗？"

又冒出了这个话题？如果真有这个人，那么为什么在我们大家都需要他的帮助的时候，当雅典娜和维奥雷尔可能受到袭击的时候，他却躲起来不出现呢？

问号一个接一个地从我脑子里冒出来：她是在试探我吗？这个女人的脑子里究竟在想什么？她是不是有点精神失常，因此反复无常，一会儿想待在我身边，一会儿又回到了这个根本不存在的男人身边？

"打开录音机。"她要求我这样做。

我感觉非常难过：我开始觉得她一直都在利用我。在那一刻，我想说："走吧，再也不要在我的生活里出现，自从认识了你，我的生活就变成了地狱，我盼望着有一天你会向我走来，拥抱我，亲吻我，求我让你留在我身边，而这却绝对不可能发生。"

"有什么问题吗？"

她知道出了一点问题。或者说，她不可能不知道我在想什么，因为尽管我只向她示爱过一次，但这段时间以来，除了表达爱意之外，我就没干什么其他的事情。我会取消所有的约会，只是为了见见她；只要她求我，我就会陪在她身边；我想和她的儿子结成同盟，因为我想也许有一天他会叫我爸爸。我从来不要求她放弃自己的事业，我接受了她的生活，她的决定。她被伤害了，我也会默默地承受痛苦，她胜利了，我也会欢欣雀跃，她的坚定让我自豪。

"你为什么关上了录音机？"

那一刻我仿佛置身于天堂与地狱之间，我在爆发和服从之间徘徊，在冷血的理智和摧毁性的激情中挣扎。最后，我用尽全身的力气，努力地控制自己。

我按下了录音键。

"我们继续。"

"我说过我受到了死亡的威胁。有人打匿名电话骂我,说我是世界的威胁,我想把人们带回撒旦的世界,而他们不会允许我这样做。"

"你和警方谈过吗?"

我故意忽略了她那个所谓的男友的说法,这样可以表明我从来不相信这个故事。

"谈了。他们录下了所有的电话。是从电话亭打来的。不过他们告诉我不用担心。警察会监视我的住所。他们甚至抓住了一个人,这个人精神失常了,认为自己是转世的使徒,因此这一次他需要战斗,'让基督不会再被驱逐'。他现在住在一家精神病院里,警方说他从前也因为同样的理由威胁过别人,也接受过类似的治疗。"

"我们的警察是世界上最好的。他们已经介入了,你实在没什么可担心的。"

"我不害怕死亡,即使我的生命今天便会终结,我曾经度过的时光也是这个年龄里很少有人有机会体验的。我怕的是我会去杀人,所以求你录下今天所有的谈话。"

"杀人?"

"你知道有人提出了诉讼,要剥夺我对维奥雷尔的监护权。我联系过一些朋友,但是他们什么都做不了,唯一能做的就是等待。据朋友们说,这将取决于法官的裁决,那群丧心病狂的家伙也许会如愿以偿。因此,我买了一件武器。

"我知道把孩子从母亲身边夺走是什么滋味,因为我曾亲身体验过这种痛楚。因此,如果法院的人敢靠近我,我就会开枪。

我会不停地射击，直到子弹打光为止。如果之后他们胆敢走到我身边，我将在家里拿着刀战斗下去。没有人可以把维奥雷尔从我身边夺走，除非他们从我的尸体上踏过去。你录下来了吗？"

"是的，但是有办法……"

"一点办法都没有。我的父亲正在跟进这些诉讼。他说在这类家庭法的官司里，我们可以做的实在是太少了。

"现在你可以关上录音机了。"

"这是你的遗嘱吗？"

她没有回答。我什么都做不了，主动权在她手里。她走向音响，把那首著名的草原音乐放了出来，我现在几乎可以背下这首曲子了。然后她开始跳舞，完全脱离节奏，就像在仪式上一样。我知道她想做什么。她的录音机还开着，仿佛在默默地见证着这一切。下午的阳光透过玻璃窗倾洒进房间，雅典娜沉浸其中，寻觅着另外一种光芒，一种自创世以来便存在的光芒。

母亲的那束光使音乐停了下来，她不再跳舞，用手捂着脸，沉默了一会儿。然后她抬起眼，直直地看着我。

"你知道谁在这里吗，你知道吗？"

"我知道。雅典娜和她神性的另一面：哈吉娅·索菲娅。"

"我已经习惯做这件事了。我并不认为这是必要的，只是一种我发现的能找到她的方式而已，现在却成了我生命中的传统。你知道你在和谁说话：和我，雅典娜，还有哈吉娅·索菲娅。"

"我知道。第二次在你家里跳舞的时候，我也发现有一种精神指引着我，这就是斐乐蒙。但是我和他聊得不多，也没去听他对我说的话。我只知道当他显现的时候，我们的心灵也仿佛碰撞到了一起。"

"正是如此。今天斐乐蒙和哈吉娅·索菲娅要谈谈爱情。"

"我需要跳舞。"

"不用这样做。斐乐蒙会懂得我的话,因为我已经通过舞蹈接触了他。坐在我面前的这个男人正备受煎熬,因为他觉得永远不会得到一样东西:我的爱情。

"但是你身边的这个男人,他却知道所有的痛苦、焦虑或被抛弃的感觉都是幼稚的、不必要的,因为我爱你。我不是以你作为人的一面希望的方式,而是用神的光渴望的方式爱着你。我们居住在同一顶帐篷里,这是她放在我们行走之路上的。在那里,我们知道了我们不是自己感觉的奴隶,而是它的导师。

"我们被人服务,又为他们提供着服务,我们开启了自己房间的门,然后拥抱自己。也许我们也会亲吻自己,因为尘世间的一切在另外一个世界中也有对应的东西。你知道我说这些不是为了挑衅,更不是玩弄你的感情。"

"那么什么是爱?"

"它是大地之母的心灵、鲜血和身躯。我爱你,就像两颗流放的心灵在沙漠之中相遇一样。我们之间不会有肉体的关系,但是没有一种感情是无用的,也没有一种爱情会被弃之不理。如果母亲在你的心里唤醒了这种爱,她也在我的心里唤醒了它,尽管你可能比我接受得更好。爱的力量不会失去,它比一切都要强大,并可以通过很多种方式表现出来。"

"我承受不起这个。这种观点太抽象了,让我比任何时候都更沮丧,更孤独。"

"我也是这样,需要一个人在我身边。但是有一天,我们的眼睛会睁开,爱的各种方式会表现出来,痛苦也会在大地上消失得无影无踪。

"我想这并不需要太长时间;我们很多人正在从一场长途跋涉中返回,在那一场旅行中,我们被人怂恿,寻觅着自己并不感兴趣的东西。如今,我们发现那一切都是假的。但这种回归并不是没有痛苦伴随——因为流连在外的时间太久了,我们觉得自己是故乡的陌生人。

"一段时间过后,我们才会遇上同样启程的朋友,找到我们的根、我们的财富所在的地方。但这一切终会发生。"

不知什么原因,我心里非常感动。这种感动推动我继续向前。

"我想接着谈谈爱情这个问题。"

"我们正在谈着。这是我一生孜孜以求的目标。任凭爱毫无阻碍地显现,任凭它填满我的空白,任凭它让我跳舞、欢笑,证明了生命的正确,保护了我的儿子,与天,与男人和女人,与放置在我们前行之路上的一切相连。

"我曾想控制自己的感情,去说'这个值得我去爱','那个不值得我去爱'这类的话。但是可能失去生命中最珍贵的东西时,我终于清楚了自己的目标。"

"你的儿子。"

"完全正确。他是爱最完整的体现。别人要把他从我身边夺走了,就在出现这种可能性的时候,我终于找到了自己,终于明白我不会再拥有什么,也不会再失去什么。我哭了很久,才明白这一点。在经受了极大的痛楚之后,我的一部分——哈吉娅·索菲娅对我说：这真愚蠢！爱会持续下去！你的儿子总会离开，只是时间早晚的问题。"

我开始明白了。

"爱不是习惯，不是承诺，也不是负债。不是爱情歌曲教会我们的东西——爱就是爱。这是雅典娜，或莎琳，或哈吉娅·索菲娅的遗嘱：爱就是爱。爱没有定义。去爱吧，不要问太多，只是去爱。"

"这太难了。"

"你在录音吗？"

"你要求我关上录音机。"

"那现在再打开吧。"

我按照她的要求做了。雅典娜继续说：

"对我来说，这也很难。因此从今天开始，我再也不回家了。我会躲藏起来。警察可以保护我不受疯子的侵害，但是不会保护我不受人间法律的伤害。我有一个使命要去完成，正是因为它，我在今天不得不冒着失去儿子监护权的风险。但我并不后悔——我完成了自己的使命。"

"你的使命是什么？"

"你知道，因为你从一开始便参与了：为母亲铺路。继续一种传统，它被压抑了几个世纪，但是现在又出现了。"

"也许……"

我停了下来。她没有说话，直到我说完这个句子。

"……也许有点太早了。人们还没准备好。"

雅典娜笑了。

"人们当然准备好了。因此才会有对抗、攻击和蒙昧主义。黑暗的力量在垂死挣扎,此刻,它们正利用着最后的资源。它们看上去强大,就像临死前的猛兽一样,但是在这以后,它们再也不可能从地上爬起来——它们将精疲力竭。

"我在无数颗心中播下种子,每个人都会用自己的方式体现着重生。但有一个人将继承全部的传统,这就是安德烈娅。"

安德烈娅。

安德烈娅讨厌她,认为我们关系的终结都是她的错。她说雅典娜让自私和虚荣蒙蔽了心肠,最终毁掉了好不容易才建立起来的事业。有人却爱听她讲这个。

她站起来,拿起皮包——哈吉娅·索菲娅仍然与她同在。

"我看见了她的灵光。她正从一种无用的痛楚里得到解脱。"

"你显然知道安德烈娅不喜欢你。"

"我知道。我们花了半小时来谈爱情,对吗?喜欢与爱一点关系都没有。

"安德烈娅绝对有能力将使命进行到底。她比我更有经验,也更有魅力。她从我的错误中得到了教训,知道该谨慎行事,因为蒙昧主义的怪兽垂死挣扎的时刻正是对抗最激烈的时刻。安德烈娅可能憎恨我这个人,也许正因为这样,她才可以如此迅速地发展自己的能力,她希望向我证明她比我更强大。

"当仇恨使一个人成长的时候,它就成了爱的一种。"

她把录音机装在皮包里,然后走了。

那个周末,法庭宣判,根据一些被采信的证据,莎琳·卡利尔,又称雅典娜,有权继续监护她的儿子。

除此之外，孩子学校的校长受到了警告：如果再发生类似的歧视事件，他将受到法律的惩罚。

我知道不能给她住的地方打电话。她把钥匙留给了安德烈娅，只带走了音响和一些衣物，她说不打算那么早就回来。

我等待着她的电话，准备和她一起欢庆胜利。过去的这些日子，对雅典娜的爱不再成为痛苦的源泉，而变成了快乐和平静的湖泊。我不再觉得自己是如此孤独，在我们心灵的一个角落——所有返回故乡的流放者的心灵——再一次开心地庆祝这种相遇。

一个星期过去了，我想也许她正从这段时间的压力中慢慢恢复。一个月过去了，我想她已经回到了迪拜，回到了自己的工作岗位。我打了电话，人们说再也没有过她的消息，但是如果我知道她在哪里，请帮他们捎个口信：门是打开的，而我非常想她。

我决定写一系列关于母亲觉醒的文章，这遭到了一些读者的谩骂，他们指责我"传播异教"，但是绝大多数读者欢迎这些文章。

两个月过去了，一天，当我正准备去吃午饭时，编辑部的一位同事叫住了我：莎琳·卡利尔，波多贝罗女巫的尸体，已经被发现了。

她在汉普斯坦德被残忍地杀害了。

现在我终于整理完了磁带，我要把这个奉献给她。这个时候，她应该在斯诺登尼亚国家公园里散步吧，就像平日下午一样。今天是她的生日——或者更确切一点，她的父母收养她的时候，选择今天作为她的生日——我想把这份手稿献给她。

维奥雷尔也准备了一份惊喜，他会和外祖父母一起来给她过生日。他在朋友们的录音室里录制了第一首曲子，会在晚饭的时候播放。

然后，她会问我："你为什么要这样做？"

我会这样回答她："因为我们需要理解你。"我们一起生活了这么多年，我只听过她有如传奇一般的事迹，而现在我懂了，这些传奇正是真实。

我一直想陪着她，陪她参加周一在她的寓所里举行的仪式，陪她去罗马尼亚，陪她见朋友，但是她总是不让我这样做。她喜欢自由——警察会吓到人的，她这样说。在我这样的人面前，无辜的人也会觉得自己有罪。

我去过波多贝罗的仓库两次，而她却不知道。她还不知道的是，我曾经派人在她到达和离开的时候保护她——我们至少逮住过一位某个教派的成员，他身上揣着匕首。他说魂灵要他得到波多贝罗女巫的一点血，因为她是母亲的化身，他们需要用她的血为祭品祝圣。他并不想杀害她，只是想用手绢取一些血而已。后来的调查表明他并没有杀人的意图，即便如此，他还是被控有罪，坐了六个月牢。

"谋杀她"不是我的主意——雅典娜希望自己在这个世界上消失，她问我是否可行。我解释说如果司法最终决定由国家来监护她的儿子，那我也不能违反法律。但是如果法官的判决对她有利，那我们便自由了，可以去实现她的计划。

当仓库的聚会受到大众关注后，雅典娜的使命便走向了歧途，她对此了然于胸。她不敢出现在大众面前，不敢不承认自己是女王，是女巫，是神的化身——因为民众选择追随强者，并把权力交给他们希望能拥有权力的人。这与她的布道——既不需要向导，也不需要牧师，民众有着选择的自由，献祭自己的面包的自由，以及唤醒个人才智的自由——是完全相悖的。

她也不敢消失：人们会把这种行为看成去往沙漠的隐退，朝向天堂的上升，或一次长途旅行，她会遇到生活在喜马拉雅山上的神秘导师，人们会一直期待她归来。在她停止去波多贝罗之后，我们便觉察到了这点。我的线人说，和世人的想法正好相反，她的信仰如同星火燎原般迅速发展：其他类似团体被创建出来，一些人以哈吉娅·索菲娅"继承人"的身份出现，报纸上登出的那张她抱着孩子的照片被秘密地买卖，因为她是不宽容的受害者和殉道者。神秘主义者们开始谈论一个"雅典娜修会"，只要付一定的费用，人们就可以与创建者见上一面。

因此，只剩下"死亡"这一条路了。但是不能有半点异常，必须是大都市里任何人都可能遭遇的那种寻常的凶杀才行。这让我不得不谨慎行事：

A) 罪行不能让人有宗教上的联想，比如殉教，因为如果这样，我们极力想要避免的局势会更为恶化。

B) 受害人不能让其他人辨认出来。

C) 凶犯不能遭到逮捕。

D) 我们需要一具尸体。

在伦敦这样的城市，每一天都会有人死亡，毁容，烧得面目全非——但是一般情况下，罪犯总会被我们捉拿归案。因此她不得不等待了两个月，直到汉普斯坦德案件发生。在这个案子中，我们也找到了罪犯，但是他已经死了——他逃往葡萄牙，一枪射穿了自己的喉咙。司法程序已经开始，我所需要的只是亲密朋友的一点帮助。这叫有来有往，因为他们有时也会求我办一些上不了台面的事，既然我们并没有触犯什么重要的法规，那么便可以灵活地做些解释。

这就是发生的一切。尸体被发现后，我和另一位相交多年的同事被委派负责这个案子，几乎与此同时，我们得到消息，葡萄牙警方在吉马良斯发现了一具尸体，死者是自杀身亡的。死者生前写下了遗书，里面详细地坦白了罪案的发生经过，并声明自己将全部财产捐献给慈善机构。那上面的供述正好与我们手中的案子相吻合。这是一起情杀——总之，很多爱情都会终结于此。

在遗书里,死者声称他把那个女人从苏联的一个共和国带出来,并为她做了所有能做的事。他准备娶她为妻,这样她就可以享有英国公民的一切权利,但最后他发现了一封她正准备寄出的信,信是寄给一位德国人的,他邀请她去自己的城堡待上一段时间。

在信里,她说自己太盼望这次旅行了,希望他立即寄来机票,这样他们两个人就可以很快相聚了。他们是在伦敦的一家咖啡店里结识的,不过通了两封信而已,再没有别的关系了。

真是天助我也!

我的朋友犹豫了一会儿——没人希望自己履历表中有一条未破案件的记录——但是我说我会承担责任,他便同意了。

我来到牛津的一所简朴的房子里,这是雅典娜的藏身之所。我用注射器采集了一点她的血,又剪了一点她的头发,烧了一部分,没有完全烧掉。然后我回到犯罪现场,把"证物"洒在地上。DNA检验对此无能为力,因为没有人知道她的生身父母是谁,我们需要做的只是袖手旁观,等待着这条消息再也引不起媒体炒作兴趣的那天。

一些记者出现了。我告诉他们凶犯已经自杀,但我只提了国家,没有提城市的名字。我还说尽管凶案的具体原因还有待侦查,但复仇或者其他宗教因素已被完全否定。依我看来(无论如何,警察也有犯错的权利),受害者死前被强奸过。她应该认识凶犯,所以才被杀死,并被毁容。

如果那位德国人继续写信,他的信将被贴上"查无此人"

的标签,然后被退回去。雅典娜的照片仅仅在报纸上出现了一次,那是第一次波多贝罗冲突之后的事情,因此,她被认出来的可能性也很小。除了我之外,只有三个人知道这件事:她的父母和儿子。我们大家都出席了她的"葬礼",甚至在墓地里还有一块镌刻着她的名字的墓碑。

孩子每个周末都去看她,他在学校里表现得非常出色。

当然了,也许有一天雅典娜会厌倦这与世隔绝的生活,然后决定回到伦敦。不过,人的记忆是短暂的,除了她最亲密的朋友之外,没有人会记得她是谁。此时,安德烈娅将成为灵媒——她已经被人下了结论,和雅典娜相比,她更有能力,可以更好地完成使命。因为她不但拥有必要的才华,还是一位演员——她知道如何与公众相处。

我听说她的工作发展得非常顺利,而且没有引起不必要的注意。我听说社会高层人士也与她有接触,因此,必要的时候,当她受到公众批评的时候,他们会帮她搞定像伊安·巴克神甫这种伪善的人。

这是雅典娜希望做到的,她谋求的并不是个人的威望,尽管很多人这样想(包括安德烈娅),而是去完成使命。

在我刚开始整理这份手稿的时候,我曾想了解她的生活,希望知道她有多么勇敢,多么重要。但是,随着我与其他人谈话的深入,我发现了自己隐藏的一面——尽管我还不太相信这些事情。因此,最后我得出结论:我这全部辛劳的初衷是回答一个自己从来也弄不明白的问题:为什么雅典娜会爱上我?我们如此不同,甚至没有共同的世界观。

我想起第一次亲吻她的时候。这发生在维多利亚车站旁的一家酒吧中。她那时在银行工作，我是苏格兰场的警察。我们一起出去了几天后，她邀请我前去参加她房东举办的舞会，我拒绝了——这不是我的风格。

但她没生气，只是对我说她尊重我的决定。重读了她的朋友给我的证言后，我感到非常骄傲。雅典娜好像从未尊重过其他人的决定。

几个月之后，在她前往迪拜前，我告诉她我爱她。她说她也有同样的感觉，但她又强调说，尽管如此，我们应该让这漫长的分离考验我们。我们两个人在不同的国家工作，但是真爱可以超越空间。

那是唯一一次，我鼓起勇气问她："为什么你会爱上我？"

她回答："我不知道，我也没有半点兴趣想知道。"

现在，在我写完这本书后，我想我已经从她与那位记者的对话中找到了答案：

爱就是爱。

2006 年 2 月 25 日 19:47

终稿于2006年圣伊克斯佩迪特斯日[①]

[①] 4 月 19 日，即罗马天主教圣徒圣伊克斯佩迪特斯殉教的日子。——译注

图书在版编目（CIP）数据

波多贝罗女巫／（巴西）保罗·柯艾略著；闵雪飞译.－－北京：北京十月文艺出版社，2019.8
书名原文：A bruxa de Portobello
ISBN 978-7-5302-1971-3

Ⅰ.①波… Ⅱ.①保… ②闵… Ⅲ.①长篇小说—巴西—现代 Ⅳ.①I777.45

中国版本图书馆CIP数据核字（2019）第129889号

著作权合同登记号　图字：01-2019-3712

A BRUXA DE PORTOBELLO by Paulo Coelho
Copyright © 2006 by Paulo Coelho
http://paulocoelhoblog.com/
This edition was published by arrangements with Sant Jordi Asociados Agencia Literaria S.L.U., Barcelona, Spain, www.santjordi-asociados.com, through Bardon-Chinese Media Agency
All Rights Reserved.

波多贝罗女巫
BODUOBEILUO NÜWU

〔巴西〕保罗·柯艾略　著
闵雪飞　译

出　版	北京出版集团公司
	北京十月文艺出版社
地　址	北京北三环中路6号
邮　编	100120
网　址	www.bph.com.cn
发　行	新经典发行有限公司
	电话(010)68423599
经　销	新华书店
印　刷	保定市中画美凯印刷有限公司
版　次	2019年8月第1版
	2019年8月第1次印刷
开　本	850毫米×1168毫米　1/32
印　张	8.5
字　数	140千字
书　号	ISBN 978-7-5302-1971-3
定　价	45.00元

质量监督电话　010-58572393
如有印装质量问题，由本社负责调换

版权所有，未经书面许可，不得转载、复制、翻印，违者必究。